活水源头

鄢德全 著

线装书局

图书在版编目（CIP）数据

活水源头 / 鄢德全著，-- 北京：线装书局，2021.04

ISBN 978-7-5120-4453-1

Ⅰ. ①活… Ⅱ. ①鄢… Ⅲ. ①报告文学—中国—当代

Ⅳ. ① I25

中国版本图书馆 CIP 数据核字（2021）第 063085 号

活水源头
HUOSHUIYUANTOU

作　　者：	鄢德全
责任编辑：	曹胜利
出版发行：	线装书局
地　　址：	北京市丰台区方庄日月天地大厦B座17层（100078）
电　　话：	010-58077126（发行部）010-58076938（总编室）
网　　址：	www.zgxzsj.com
经　　销：	新华书店
装帧设计：	潇湘燕工作室
印　　刷：	长沙市雅捷印务有限公司
开　　本：	710mm×1000mm 1/16
印　　张：	18.5
字　　数：	205 千字
版　　次：	2021年4月第1版第1次印刷
印　　数：	0001-5000 册
定　　价：	83.80 元

线装书局官方微信

荷　魂
（代自序）

　　湘中的湘潭，是盛名远播的"中国湘莲之乡"。这里，是荷花的故乡。

　　我们冒着七月持续的酷暑，来到这片光荣而英雄的土地。十数万亩湘莲洋溢在湘潭的青山绿水和一栋栋考究的农家楼房之间，构成了"接天莲叶无穷碧，映日荷花别样红"的新的壮丽画卷。蓓蕾似火炬昂扬向上，花蕊似火焰蓬勃盛开，如火如荼，与太阳一起燃烧。在湘潭的每时每刻，那天地间连成一片的热烈，无时无刻不在陶醉着我们。乡亲们告诉我们，荷花最鲜艳的时候，就是太阳最火、天气最炎热的时候。我们来得正是时候。

　　在中国近当代史上，湘潭伟人、名人辈出，是伟人、名人的故乡。伟人、名人们无一不与莲、荷有着千丝万缕的不解之缘。

　　在韶山冲上屋场毛泽东故居前的荷塘边，我们与伟人故居、与荷花合影，寄托着我们深深的缅怀和热烈的追求。这位"舍小家、为大家"的伟人，把一生的心血和六位亲人的生命都献给了中国人民争取自由、平等、解放和建设、保卫新生共和国的伟大事业中。他把"人民万岁"喊在口里、揣在心里，把吃顿红烧肉作为自己最大的享受。他无私无畏，是全心全意为人民服务的崇高典范。

在乌石彭德怀故居前的莲田里，乡亲们摘下沉甸甸的莲蓬让我们品尝。剥开莲子，我们惊奇地发现：向着天空长的莲子，莲肉中的绿蕊居然是朝着地下的泥土。我们敬爱的彭老总，"横刀立马"，刚强正直，始终不忘初心，情系人民，"为人民鼓与呼"，这嫩绿的莲蕊不正是彭老总情系基层、热爱人民的真实写照吗？

白石铺有座莲花寨，莲花寨山顶有个天然的莲池。传说很久以前，有位荷花仙子就在这开满荷花的莲池里栖身，爱上了为财主家看护莲池的长工。他们终成眷属并一起智斗财主，成就了一个美丽的爱情故事。

莲花寨下的星斗塘，18世纪60年代出了一个少年齐璜，他从画家乡的莲荷、画家乡荷塘里的鱼虾开始，经历磨难，终成正果，是继屈原之后的第二位"世界文化名人"。故乡的地名因此成了他的名字——齐白石。

领导上海工人三次武装起义的中国共产党早期创始人罗亦农的故居在易俗河的赋江村。这个出身豪门而背叛豪门的"逆子"，把26岁的青春热血洒在上海的龙华。如今，纪念罗亦农、彭湃等革命烈士的龙华纪念馆里仍能听到罗亦农牺牲前留给儿子"学我之所学"的遗嘱。乡亲们端出冰糖莲子汤让我们喝，他们说，罗亦农生前就爱喝家乡的冰糖莲子汤，罗亦农就是那出污泥不染的品格。

在姜畲杨度故居，我们吟咏起这位近代著名政治活动家所作的《湖南少年歌》："若道中华国果亡，除是湖南人尽死。"湖南人的担当、勇敢和智慧浸透在字里行间。它激励着代代三湘儿女奋发图强。我们喝着乡亲们用莲蕊和当地绿茶混杂泡出的茶水，心旷神怡。

在湘潭西南部，有一座海拔437米的山峰，山不高却号称"天下隐山"，风景秀丽，曾盛极南宋至民初六个历史朝代，是达官贵人、文人雅士游览的胜地。湖湘学派的鼻祖胡安国、胡宏父子安息在隐山山麓。驻足胡氏父子墓前，"秉春秋大笔，写天下文章"的楹联依旧醒目。这位创"经世致用，敢为人先"的先贤，选了一个好去处：枕苍松翠柏，观莲荷万顷，实则人间仙境！

隐山下的狮龙桥，周小舟的故居尽在莲荷簇拥之中。这叶"承载千百万人的小舟"，少年立志，精忠报国，以无悔的人生诠释了一个战士的青春。

隐山下的桂在堂，是左宗棠的故居。他15岁从湘阴来到这里，做了周氏的上门女婿。他在这里刻苦耕读了10余年，终成大器。徘徊在左宗棠故居的遗址前，看莲农收获又一茬成熟的湘莲，我们的思绪仿佛进入另一个新的境界。

湘潭南部的晓霞山，竹木连天。山坳里，处处是莲田。山下的菱角村，有一位叫黎松庵的乡绅，19世纪中叶，他培育的一家"八骏"精英，成为中国近代史上继梁启超家庭之后的第二个全家皆才俊的家庭。

湘莲的谐音相连。湘莲的母体是莲藕，莲藕有九个孔，节节相通，它与莲根、莲茎、莲蓬孔孔畅通，且藕断丝相连，根、茎断也有丝相连。它深刻寓意着全球中华儿女心心相通、血肉相连的不可动摇的秉性。

与晓霞山同处湘潭南部的花石，是集生产、加工、销售于一体的全国最大的湘莲加工、交易市场。这里，种植湘莲两万亩，有

700来户商家长期从事湘莲商贸，成规模的湘莲加工企业就有12家。近几年，花石湘莲的年产值都在二十四五亿元。湘莲成品从洞庭湖南北的各个生产基地汇集到花石，加工后又从花石远销全国各省、市和欧美、东南亚市场。花石的乡村别墅、小康人家比比皆是，是"中国重点镇"和"中国特色小镇"。

花石罗汉山下，有整片一万亩的湘莲种植基地。徜徉于莲田深处，碧叶与红霞并存，南风吹来，荡漾起绿的细浪、霞的波澜。我们在接受美丽的洗礼。

因莲也与廉谐音，还因"莲出污泥而不染"，在湘潭城镇，到处可见莲荷融入廉洁字样的宣传画。这是湘潭人别出心裁的创举，是一道有趣的风景。其实，构成这一风景的一代一代的湘潭人用他们的自我行为，为今天的湘潭的文明、发展和进步做出了表率。

他们有的身无分文，胸怀天下；有的官至极顶，私囊如洗，却为了国家社稷、人民的利益鞠躬尽瘁死而后已。清末的陈鹏年、辛亥革命时的秋瑾以及毛泽民、毛泽覃、杨开慧等湘潭籍革命烈士和抗日阵亡将士，他们的生命和鲜血凝结在家乡的荷花上，使得荷花更加鲜艳和妩媚。

种植湘莲是湘潭人的传统；食用湘莲是湘潭人的习惯；而以莲、荷的品格做人做事，则是湘潭人执着的追求。置身湘潭的莲、荷的海洋中，我们似乎明白：这就是湘潭英才辈出的理由，这就是莲荷的魂魄。

（本文原载2018年10月19月《光明日报》）

目 录

荷　魂 （代自序）		I
马春茹	梦圆云湖	01
符崇怡	三走泥湾路	09
袁谷红	播种阳光的人	19
萧建平	在一个叫霞岭的地方	26
谭俊岳	活水源头	34
熊炼秋	最美乡村拓荒牛	43
胡运庚	罗汉山下"牛"大叔	50
陈升根	爱要认真献出来	57
廖红霞	一片红霞一团火	66
朱麦秋	秋天的记忆	71
刘　蔚	关于桥和桥的故事	76
赵秋云	龙潭村里种莲人	84
彭水平	"嫁"不出"农家"的女儿	88
胡孝阳	天马山的传奇	95
贺　师	乌石峰下一个兵	104
刘国安	金凤朝阳绘蓝图	110
姜建强	虎形山下拓荒人	116

邓新辉	追赶太阳	123
何伟红	荷的味道	132
郭秋连	砚井磨墨写忠诚	138
周勇超	虎虎生威凛凛然	147
曹铁光	铁打钢铸总关情	153
曾国平	长沙来的"湘潭人"	160
杨　静	有一个美丽的传说	168
肖荷南	涟水里飞出动人的歌	175
郭铁球	传奇不在虚构中	184
尹立仁	乐在蓝天摘白云	192
李志平	把握金笔描锦绣	198
谢水清	经营卓越	203
刘奇志	难得"明白"	214
任建军	王家山的春天	220
王华栋	王华栋的浪漫曲	226
赵文科	明道故事里的故事	233
胡国祥	苦乐情怀装的谁	237
罗伟娟	亦柔亦刚赤子情	243
胡光良	常揣喜悦在心头	249
杨立明	一片冰心贯始终	253
茹文超	盘算出来的大格局	260
谭赣湘	杨基村里的灵泛人	266
谢尚志	一个扶贫队长的日志	272
陈利明	"活电脑"与他的"笑话"	277
左才虎	他用忠诚陶铸着品格	283
张健伟	山坳里撒播火种的人	290
后　记		295

湖南省湘潭县裕湘粮食购销有限公司董事长、总经理　马春茹

梦圆云湖

湖南湘潭的云湖桥，有个国家粮食储备库。

云湖河畔，杨柳岸边，雾在抽丝，岚在剥茧。绿嫩的秧苗在耳边嗖嗖疯长，金黄的稻浪在眼前铺展，往事在心底浮沉。马春茹捋着下巴，扳着指头，撩拨着那一个个承载着十多年风霜雪雨的梦想。

（一）

2005年5月，马春茹到云湖桥国家粮食储备库走马上任。踏上这块土地，不免黯然神伤。内外道路坑坑洼洼，屋面墙壁残破不堪，生活设施灰头土脸，生产设备锈迹斑斑，看着心揪，望着心痛。库房里，稀稀拉拉的几名老员工没精打采地向他投来疑惑的目光。马春茹心里打翻了五味瓶，现实比了解的更加骨感。

当时，粮库除国有不动资产560万以外，借用职工的话说，那真是什么都没有。账面上没有一分钱流动资金，粮库与相邻的两个村、十个村民组的关系更是一团乱麻。

上任前，作为湘潭县粮食局副局长的马春茹，对全县粮食企业生存艰难的现状比较了解。领导找他谈话，让他出任粮库负责人，重组企业。是肩负一个共产党员使命，选择担当，保住国有资产，

中共湘潭市委书记曹炯芳（左二）市委常委、秘书长陈忠红（右一）湘潭县委书记傅国平（右二）等市县领导在裕湘公司视察

中共湘潭市委副书记、市长张迎春（左二）来裕湘公司调研

盘活国有资产？还是选择稳稳当当地坐在办公室，当好自己的副局长，管好自己的一亩三分地？重组，可能给职工带来一线生机，但万一重组失败，责任的缸要顶，失败的壳要背。在马春茹的天空中，排列组合着除了问号还是问号。但他依然以共产党人的担当，不讲价钱的毅然担当，走进了云湖粮库。

（二）

在全库干部的见面会上，马春茹开门见山："各位同事，云湖粮库到了生死关头，是散场，还是重组，大家各抒己见，说出个子丑寅卯来。"

大部分班子成员坚决支持重组，分析得也有条有理，但问题不少，且怎么解决问题，大家都在迷茫中。甚至也有同志说出一大堆困难，譬如没有资金，单位怎么运转，职工怎么生活，因历史遗留，

中共湘潭县委书记傅国平（左二）及赵龙江（右三）等领导来裕湘公司考察

粮食出入库与邻近村民装卸之间的矛盾，日益突出，已接近白热化。困难确实存在，这是个不争的事实。

马春茹决定：先摸清情况，再做下一步决策。但他坚信：活人不能被尿憋死。

泥泞的田埂，留下马春茹与粮库周边乡亲促膝谈心的身影；乡间的小路，记得马春茹沉重疲倦的脚步。他终于摸清了与村民之间的历史纠葛。他在坚持政策底线的基础上，以诚相待，以心换心，终于缓解了粮库与周边群众关系。马春茹接着便马不停蹄地走访职工。下岗职工汤远新的妻子因癌症住院多年，花光了积蓄，生活极为艰辛，他便自己带头，组织募捐，又设法为他实现了再就业。得知职工小张被开水严重烫伤，他自己付钱弄来特效药。当汤远新和小张感谢他时，他说："这是我的职责。"

马春茹在单位没有住房，中午疲倦了，就靠在办公桌上打个盹。通过他不懈的努力，很快粮库的底子摸清了，难行的症结找到了，发展的思路理顺了。

上任仅半年的 11 月，云湖粮库正式注册为湘潭县裕湘粮食购销有限公司，马春茹任董事长兼总经理。他为了解决大过年的钱荒，向板塘粮库借款 10 万元，缓解了公司和困难职工燃眉之急。

2006 年新春伊始，马春茹在职工大会上慷慨陈词：一是要打造一支勇于担当、敢于吃苦、能够创新的管理团队；二是公司采取集资入股的方式，让粮库涅槃重生；三是公司坚持一边收储、一边加工的方式，让谷物华丽转身，盘活资金链。

干部职工们听得情绪激昂，看到了生存的希望。

公司上下，闻风而动。股金源源不断地流入公司账户。马春茹不断地与政府协调、银行协商，争取了政策支持的资金投入。他组织维修设备，并对设备进行升级改造，甩开公司向机械化、智能化迈进的脚步。让全自动测控仪、智能筛、皮带运输机代替原始的仓储工具——扁担、箩筐、风车。制定了销售管理奖惩机制，提升了管理水平，打造出品牌发展的空间和效益。仓储部建立并完善了工作制度，严格落实了"春抓防潮隔湿，夏抓控温防虫，秋抓防霉结露，冬抓机械通风"的保粮规程。他还不断摸索创新粮储措施，将取得的好经验让全省粮食系统分享，得到了业内同行的高度评价。

在马春茹和同事们的共同努力中，公司起死回生了，重新焕发出青春活力。

职工的奖励兑现了，股金的红利兑现了，与周边村组的关系彻底改善了。进出的道路宽敞了，公司的财富成倍增长了。

（三）

湖广熟，天下足。湖南是天下的谷仓米库。随着打工潮的兴起，农村留守老人成了农业生产的主要劳力，有的稻田双季稻种植改单季，有的被抛荒，还因休耕和水灾旱灾，特别是一些人非法侵占耕地红线，粮食生产面临严峻的挑战。马春茹凭借着粮储人敏锐的嗅觉，预感到粮食生产隐忧重重。生产不足，何谈储藏？马春茹经过认真的调查，写出调研报告《粮食安全之我见》，发表在2011年8月出版的《粮食科技与经济》期刊上，引起了从事粮食科研的专家学者和党政领导的关注和重视。

2013年2月，《南方日报》刊载了一条新闻：湖南的稻米，重金属镉严重超标。一石击起千重浪，公司好不容易打造的品牌，拓展的业务一下回到了原点。裕湘公司业务仅剩4000吨省储，6500吨县储。

中共湘潭县委副书记、县长段伟长（中）来裕湘公司考察

裕湘公司面临生死存亡。

好在上面的政策下来了。对于含镉超标的大米，不准营销省外，但在保证符合国家安全标准的前提下，可以制作饲料，掺杂到不含镉的饲料中。马春茹立即与班子成员商议，将原有设备升级为现代化饲料生产加工线。他还请来了省里的专家对库存稻谷抽样检测，分类处理。公司不但挽回了损失，还创造了新的效益。

2013年7月，通过事先研判，精心运筹，公司上下齐心协力，持续奋斗55天，单季收购稻谷40447吨，名列全省前茅，破天荒地创造了历史记录，加工精米达到10000多吨，是真正意义上的产销两旺。

公司业务拓展，效益提高，有人眼红，想方设法要入股裕湘。马春茹毅然拒绝了投机取巧者的行为，为公司、为国家保住了几千万资产不受损失。

职工们赞叹："有马春茹把关，是公司的福气，也是国家的福气。"

马春茹明白：一万多年前，人类社会就拉开了粮食收储的历史大幕。作为国有仓储企业，应该站在历史的高度、人民的高度、国家的高度创新粮食企业文化。2015年，他率先提出了"管好国家粮库，端牢自己饭碗""一粒粮食的思考"等发人深省、触及灵魂的命题。文化墙横空出世，党员风采幕幕感人……长久的困惑化解，管理的理念升华。

（四）

清风荡漾，杨柳轻飏，太阳出来了。美丽的景色在马春茹的眼前编织出一座座黄灿灿的粮山。他揉了揉眼睛，放开脚步，仍行走在构筑美丽梦想的路上。

他站在企业的制高点，改变坐等收购的旧模式，打造粮储新的一方天地。他开发了"公司+基地+农户、公司+合作社+农户"的新模式，培养粮食经纪人队伍，并与之签订粮食价格保底的预收协议。

作为中共党员、企业负责人，为了农民兄弟，为了国有企业，他马不停蹄地奔跑着。他的身影在基地、在公司、在农家，风雨兼程。

2018年，马春茹借政策优势，再次对粮库设备升级改造，实现了智能通风、智能仓储、智能安防、智能管理。在此基础上，再进行仓房吊顶，添置仓内空调，全部使用硫酰氟熏蒸杀虫，实行横向通风技术，使公司的仓储保管的硬件和软件都达到行内先进水平。

十多年的艰苦卓绝的奋斗，裕湘公司国有资产由原来的560万发展到当下的6000万；由单一的小型储备粮库发展成了集收购、储备、加工、销售于一体的大中型粮贸公司，获得了省优龙头企业美誉。

而这么多年里，为扶贫，为助学，为职工，为邻居，马春茹和他的公司到底都做过多少件实事、好事、美事？因为太多，大家都没法记清。他赢得了社会的普遍尊重。

好消息携着春风走来，裕湘公司被评为全国粮食系统先进集体，实至名归。公司干部职工却没有沉醉在取得的成就里，马春茹也没因梦圆了而沾沾自喜。他冷静地思考着新的征程新的梦想。

（此作与杨荣、刘一兵合作）

湖南省湘潭县花石镇泥湾村原支部书记　**符崇怡**

三走泥湾路

　　我走过许多路，东南西北地走，风里雨里地走。有的记不准了，有的遗忘了。有条路我虽只走三次，却记忆犹新，那就是泥湾的路。这个湘潭县与衡山县交界的山村和这个山村的路，因为一个人，深刻在我的记忆里。

初走泥湾路

　　1989年春,光明日报出版社要在全国范围内组织出版一本反映改革开放十年以来的时代精英的报告文学集《华夏之光》。我受约写一篇湘潭农村改革开放的文字。中共湘潭县委宣传部的老刘告诉我:去花石区的泥湾吧,那里有个叫符崇怡的,他带领乡亲们治穷致富,有很多故事哩。

　　我简单地收拾了一下行襄便出发了,从县城出发也就是70多公里吧,班车却颠颇了三个多小时。同车的旅客说,这趟开往泥湾的班车还是老支书、现在的矿长符崇怡费了九牛二虎之力才争取来的。

　　原来的泥湾是没有路的。那乡间的土路就不叫路。晴天似把刀,雨天豆腐糟。是老支书领着乡亲们肩挑手提,花了整整一个冬春修筑的全村唯一一条砂石公路,也就是贯穿全村南北的与外面世界衔接的一条路。路修起了,没有班车,泥湾3500多父老乡亲要出外,仍要步行五六公里,到小镇上才能坐上班车。老支书找县政府,找市、县交通局三申四请,终于开通了这泥湾的班车,做了一桩乡亲们做梦都没有想到的好事。

　　这老支书符崇怡有多老?我就想第一时间见到他。车在泥湾石膏矿停下,这是终点站了。司机对我说,你要找的老支书就在这里,他现在是泥湾石膏矿的矿长啦!

　　得知我是来采访的作家,矿长办公室的同志把我安顿在矿部客房里住下来。我刚洗把脸,就有人敲门。哦,他就是老支书符崇怡:黝黑的国字脸膛,两只大眼睛炯炯有神,宽厚的嘴唇,一米七的个子。

浑身上下透着青春勃发的味道。他才45岁，并不老呀。

符崇怡1970年初担任泥湾的中共党支部副书记，那时他31岁，湘潭乡下有个习惯，支书叫支书，副支书也叫支书。1975年符崇怡又由副变正。到1985年，算是连续三届届满。叫老支书没有错。

在他副支书或是支书的三届任期内，带领乡亲们做了大量的工作，粮食单产量由原来的四五百斤增至近千斤，翻了一番。泥湾紧傍湘江支流涓水，原来夏季山洪暴发，曾让2000多亩稻田全泡在洪水中，让泥湾人颗粒无收；而只要旱魃来袭，乡亲们也束手无策。符崇怡带领乡亲们在上游垒起拦河坝，并建起了排灌站，修了4万多米的灌溉渠，让泥湾再也没有旱魃的危害；符崇怡带领乡亲们把涓水沿岸的河堤加牢加高，并修筑了一条4千米的挡水墙，将洪水的危害降低到最小的程度。这些工作，符崇怡有的是在改革开放前就开始了。

在改革开放的春风里，符崇怡干劲倍增，他始终把群众利益、人民幸福摆在第一位。生产责任制他实行得比全区、全县早，群众的生活出现了翻天复地的变化。然而，他并不满足。他谋划着利用本地石膏资源开采石膏矿。

1985年元月，泥湾村党支部召开支部大会选举又一届支部委员会，60位老、中、青中共党员投了符崇怡59票，要他继续担任党支部书记。符崇怡没给自己投这一票，他也坚决拒绝了全体党员的要求。他会前已向上级党委提出了领衔在泥湾开采石膏矿的请求。

在此之前，符崇怡已强烈意识到农村发展商品经济的迫切性，经过认真调查、分析和勘探，他把眼光瞄准本地的地下石膏资源。

泥湾的路

他自己带头，115户村民入股数十万资金，加上在县、乡政府和银行的支持下，泥湾石膏矿在1986年年底正式开采了。

从1986年年底至1989年4月的这段时间里，在泥湾石膏矿还清了建井和置办设备的70来万元的费用后，实现利税30多万元，并长期解决了140多个劳动力的就业。

偏僻沉闷的泥湾出现了蓬勃的生机。

采访结束后，我将报告文学《泥湾的路》发给光明日报出版社。不久，刊载《泥湾的路》的报告文学集《华夏之光》公开出版了。

又走泥湾路

这是2016年春意盎然的时节，我驱车又走泥湾路。离第一次去泥湾已经整整27年了，泥湾是否彻底走出了泥泞，走出了贫穷？

我的主人公、老朋友符崇怡生活得怎样？是我此行最想了解的。

汽车轻松地甩下潭花公路，驶入宽敞平坦的乡村道路，转眼间便来到泥湾。看时间，仅仅两个小时车程。听乡亲说：为保护地理生态环境，泥湾石膏矿已多年停止开采了。2011年春，年满71岁的符崇怡又被全村党员推上了支部书记的岗位。在湘潭，他是同时期年岁最高的农村党支部书记。够老的了。

这几年，符崇怡都干什么？干了些什么？

乡亲们告诉我："泥湾的乡村道路，入村进户近60多公里。道路的硬化是符支书领着大家修出来的。"这项耗资180余万的浩大工程，符崇怡花了三年时间。他把身心扑在路上，苦口婆心地筹集资金，又是精打细算地不乱花一分钱，硬是以铁人的精神将路一米一米修起来了。如今的泥湾，硬化的乡村道路串组进户再也没有了死角，乡亲们彻底告别了泥泞。

泥湾从涓江上游拦河坝修建的水圳4万多米，因是土圳，淤泥长期屯集且已老化，严重影响了灌溉。符崇怡多方筹集资金，花了60万元把水圳全部硬化了。水路畅通了，即便是大旱之年，乡亲们再也不会为抗旱灌溉发愁了。

符崇怡组织20多万资金疏通了泥湾的电路。全村的农电改造到每家每户，乡亲们再也不会为生活和生产用电的不正常、不安全而担心了。

路通了，水通了，电通了，符崇怡没有停步。泥湾因为特殊的地理结构，地下水质量不高，影响了乡亲们的健康。符崇怡找来专家测量检验，打了一个地表水井和一个地下水井，供全村人饮用。经检验，两个井的井水质量几乎能与农夫山泉的矿泉水媲美。

这是一个全新的变化，我们在泥湾的60多公里的泥湾乡村道上取景拍照，把这巨变的山村和这山村的路、山村的水摄进镜头，时已中午，仍乐不思食。要不是符崇怡家人打电话催促，我们真会忘了中午这顿饭。

符崇怡呢？我27年未见，仍是原来那样精神，声似铜钟，只有胡须和头发已经染上了白霜。他去年年底年满75岁才正式退休，我打趣他："中央国家级领导人也是75岁退休，你享受了国家级领导的待遇啦！"

他神情凝重地说："我们共产党人是没有退休的。"

哎，他这是哪根筋出了问题呀？他还想干？回到县城后一段时间我仍百思不得其解。

再走泥湾路

一晃又是两年过去，今年盛夏的一天，我又来到了泥湾。

那天，我们上午9时从县城出发，上岳临高速，10时差10分便到达了泥湾，全程仅用了50分钟。当然，这次我们是走杨家渡桥到的泥湾。

这里，用不到一年的时间，便建起一座横跨湄水的大桥。

其实，我前两次到泥湾，符崇怡都讲到要在湄水上修一座泥湾到对面新铺的桥，两次都带我去过架桥的地方，也就是今天杨家渡桥所在的位置。他说："真要扶贫，就得修这座桥。"

我想，你老符异想天开啊，随便就是几百万，哪里掏钱去？你老符敢想敢干，追求执着，把大家都望而生畏的那许多难事真还都干成了。但这桥，我看玄！

泥湾杨家渡大桥

我心里在想，口里却没说。

今年年初，在花石镇党委挂职扶贫的市教育局小蔡找到我，让我为泥湾村到渭水对岸的杨家渡桥写几行桥志。我起初以为自己听错了，得到证实后，我大吃一惊。这件让我认为是异想天开的事终于还办成了。

小蔡着重介绍了老支书符崇怡上窜下跳，找市里、找县里磨嘴皮子，终于让他争取到了市里的精准扶贫项目的过程。我对符崇怡更加肃然起敬。

记得前年他在电话里还跟我说，泥湾的贫，就是没有这座桥，如果修了桥，泥湾就彻底脱贫了。

末了，小蔡还拿出他们拟就的一份"桥志"让我参考。我一看，上面点名赞扬了四个建桥的功臣，有三个是公务员的领导干部，唯有符崇怡是基层的党员。

当晚，我给符崇怡打电话，祝贺他有志者事竟成之类，还告诉他镇党委有意在桥志里点名赞扬他和其他几位同志。我对赞扬具体的个人是有保留意见的。我没说。

电话那头，他急了，说："千万不要写我，我不是讲客气，也不是故作姿态假谦虚。让群众幸福，是共产党人的责任。"

对呀，我把所有点名赞扬的姓名删了，很快便将桥志的任务完成交了差。桥志的内容如下：

涓水南来，奔涌北去，一水阻隔东西，百姓望水兴叹，泥湾、新铺咫尺，往返徒劳半天。水上架构通途，古今多少祈盼。

扶贫举措架桥，与民精准通联。党恩浩荡情深，干群同心克难。猴年秋月动土，鸡年夏日收关，跨度百四十米，桥面九米之宽，乃神工之速，令班门点赞。

大桥贯通，福亦无边。远及四周县市，近惠民众万千，抵岳北、衡南，至株洲、湘潭，一小时犹可达，车程锐减一半。

杨家渡桥竣畅，两岸百姓歌甜；赞美党心惠民，情系百姓冷暖，精准扶贫到位，帮困帮到心田。

杨家渡桥，与百姓心相连、梦相牵。

谨以此文曰志铭刻，献给为杨家渡桥建成而无私奉献的人们，献给两岸为实现中华民族伟大复兴的中国梦而努力拼搏的父老乡亲。

鄢德全　2017年秋月

虽然桥志也写了，我也完全相信这杨家渡桥绝对不是空穴来风,但因手头的琐事等诸多缘故,一拖便是一年。我终于有暇再走泥湾路了。神话般的境界出现了。腾空架起的杨家渡桥连贯泥湾与新铺东西。泥湾连接大桥的乡村公路主干道由原来的3.5米加宽到7米,路灯灯柱与公路笔直延伸,一眼望不到边。典雅标致的楼房和乡村别墅嵌镶在绿波荡漾的田畴中。好一派社会主义新农村的美景!

这印证了符崇怡所说的,有了桥,泥湾就彻底脱贫了。

采访中,乡亲们告诉我,老支书符崇怡当支书、当矿长近40年,经手的资金无以数计,为群众做的好事数不胜数。可就是没有一笔糊涂账,他自己从没多要一分钱补贴。他的生活水平至今也只是全村的中等,他常在涓水河边走,就是不湿鞋。

我们在符崇怡家见到刚从村部开完支部大会匆匆赶回的老符,他胡须头发全白了,仍精神抖擞,仍声似洪钟,他热情地拿出自酿的米酒与我对饮三杯。

他告诉我:两对女儿女婿和在武警部队当军官的儿子收入都比他高,但他一分钱也不需要儿女们负担,他多年的积蓄加上老俩的退休养老金自己都花不完。我知道:符崇怡总是把勤俭二字刻在心扉。他特别珍惜共产党员的荣誉和今天的美好生活。

谈及为何就把我认为是神话的修桥难事摆平的。符崇怡说:是党组织是群众呀!没有党的精准扶贫政策,没有我村党员和群众的全力支持,修桥也许就真的是个无法实现的神话了。

他告诉我,修桥时占了当地部分群众的土地,没有谁多要一分钱补贴,从桥头起村内的主干道加宽了3.5米,全长5公里,占用了很多群众的菜地、田土,有的甚至是正在生长的作物,没有一个人说不是，没有一个人索要分外的补贴和赔偿。我们的党支部战斗堡垒作用发挥出来了，我们群众的觉悟提高了。这与当下许多地方搞建设就要扯皮、打架、上访，形成了鲜明的对比。

　　三走泥湾路，每次都在改革开放的春风里，每次都给我不同的震撼。乡亲们告诉我：改革开放40年，泥湾发生了翻天覆地的巨变，有的变化甚至连想都未曾敢想过，我们可不会忘记领着我们过上幸福生活的符老支书啊！

　　回程，45分钟。多快啊。我要赶快把三走泥湾路的感受告诉我周围的世界。

2018年3月于翠竹山庄

湖南省湘潭县河口镇党委委员、镇人大主席 袁谷红

播种阳光的人

采访袁谷红，听得最多的是她说别人的好和别人说她的好。

生活的哲学告诉我们：一个说别人好的人，往往就是人品非常好的人，她自然也就是别人口中夸赞的好人。

河口镇党委委员、人大主席、县人大代表袁谷红是怎么的好？

怎么好的？乡亲们饱含深情地告诉我们：她是播种阳光的人。

一

这个世界，有许多东西是对等的，你给一片阳光，回报就是一片灿烂。有件重大的事让袁谷红深得体会。

2018年4月，湘潭县接到投资8个亿的湘潭生活垃圾焚烧发电项目建设任务，选址定在河口镇宏兴村，总占地面积890亩（含300米防护区）。当地群众当时很不理解，甚至以"保卫家园"的名义与政府对着干，并时有堵路、上访的事情发生。征地、拆迁、项目建设面临既尴尬又无奈的压力。袁谷红和镇机关干部一起，以"五+二""白+黑""雨+雪"的工作模式工作在现场，对项目村群众挨家挨户轮番走访。袁谷红还把镇人大代表，驻镇市、县人大代表请过来参加调研视察。她要求机关的同志，一定要放下身段，还要坚持"打不还手，骂不还口"。570多个日夜，除了过年过节，袁谷红几乎全是在工作现场度过的。

袁谷红"打"没挨上，"骂"确实挨惯了，她并没有感到委屈。她说，我的工作对象基本上是70岁左右的婆婆、老倌，都是我的父母辈。父母要骂儿女，就让他们骂吧！做儿女的还能去计较吗？

通过艰苦细致的思想工作，以及政府对项目村群众合理的诉求给予合理的解决后，项目开始了真正建设。接着，开始了土地征收和拆迁工作。她认真负责的工作态度得到了群众的赞赏。曾经骂过袁谷红的婆婆、老倌也内疚地向她表示歉意。袁谷红倒反而不好意思起来，说：哪个父母骂了崽女还要道歉？！

政府对当地失去土地的村民给予购买社会养老保险的优惠政

策。有位叫林其福的村民既是失地户，又是拆迁户，57岁了，他对社会养老保险不信任，不愿意缴纳31750元的保费，袁谷红便拿出自己的积蓄为林其福垫付了保费。2019年11月23日，林其福满60岁的当天，接到了第一个月养老退休金1700多元，他终于解除了疑虑，立即将袁谷红垫付的保险费送到她手上，感激的话说了一箩筐。

袁谷红经常说：人民的代表就是人民的儿女，不能反映人民的诉求、保护人民的权益，那还是儿女吗？

二

袁谷红是党员干部，是县人大代表，她把自己的职责放在至高无上的位置，爱岗敬业，从不懈怠，她总是充满激情、充满阳光地工作着。

2019年11月12日，袁谷红带领部分县镇代表视察三联码头

当新冠病毒在武汉爆发时，袁谷红第一时间就想到组织人大代表为抗疫捐款，得到镇党委的支持后，她立即向全镇人大代表，驻镇市、县人大代表发出倡议。在极短的时间里，募集到支援抗疫22万多元物资，并在第一时间发往抗疫前线。

袁谷红组织全镇各级人大代表就全镇计民生开展深入广泛的调研和视察，有的放矢地提出了各种有温度、有深度的建议和意见，仅2019年，镇人大就收集整理了17件建议，提交镇政府。镇政府召开专题会议逐一进行了落实和答复，实现了100%答复率和满意率。

袁谷红坚持人大代表的主体地位，充分发挥代表作用，把完善代表工作机制作为密切联系人民群众的主要渠道，构建常态化的社会民情民意的汇聚平台。她在全镇设立了"一室六站十二家"，"室"是镇人大代表工作室，"站"是分片设立的镇人大工作站，"家"

2017年10月，袁谷红在石峰村走访慰问老党员

是在部分人大代表家里设立接待点，通过这"一室六站十二家"，2019年接待来访的选民262人，听取群众需求，收集意见、建议86条，密切了党和政府与人民群众的联系。

袁谷红为了搞活镇区经济，积极联系和组织镇人大代表和驻镇的市县人大代表，围绕招商引资等经济工作搞调研提建议。2020年8月17日，县人民政府在河口镇举行六大重点项目集中开工的典礼。投资5.75亿元的六大项目，饱含了袁谷红和人大代表们的心血，镇人大的作为得到了镇党委、镇政府的夸赞，称镇人大的支持就是及时雨，滋润了河口镇这块土地，为镇党委、镇政府的工作拓展做出了突出的贡献。

袁谷红把春天的阳光播种在她的每一项具体工作中。因此，她周围的世界阳光灿烂。

袁谷红说：人大代表就是代表人民利益的，人大工作就是党和政府与人民群众联系的桥梁，是把党的阳光传播给人民群众的工作，是天经地义的职责，我们没有任何理由敷衍塞责、打马虎眼。

正是这样的工作态度和追求，袁谷红和她的镇人大主席团的同事们以及全镇、县、市三级人大代表，为河口镇经济社会的发展，作出了突出的贡献，得到了全镇人民的认可。

袁谷红连续三年获得了优岗，被评为优秀共产党员，2019年，湘潭县人民政府给袁谷红荣记三等功。这些荣誉让她以更加阳光、更加灿烂的姿态走向明天。

三

生活中的真假好人、真假先进、真假英雄，有块试金石，一试便成，那就是这个人是否孝顺父母。一般来说，连父母都不孝敬的人往往是假好人、假先进、假英雄，是怀有不可告人目的而蒙骗领导和群众的投机者。

在袁谷红工作、生活圈子里的领导、同事、群众都说她好。她也有了很多看得见、摸得着的炫人眼球的业绩。她待父母如何呢？

在袁谷红的老家易俗河镇烟塘村，邻居告诉我：袁谷红的父母都已过世，在他们生前，袁谷红尽孝尽责，从不以工作忙为由搪塞老人，是个让大家交口称赞的好女儿。

在易俗镇凤凰路的一个小区里，住着袁谷红三代同堂的一家。2010年12月，袁谷红见公公和婆婆年事已高，婆婆身体欠佳，常要服药、住院治疗，身旁又没有人照顾，便毫不犹豫，将住在乡里的公公婆婆接到了自己位于县城的家里。婆婆因病于2015年撒手西去，在她病重的日子里，袁谷红端茶送饭、寻医问药，体贴入微。那时，袁谷红在河口镇任镇党委委员兼副镇长，工作任务繁重，婆婆病重的日子，她硬是起早贪黑地忙里忙外。

人说忠孝不能两全，袁谷红说："忠孝就应该两全。"

公公周老73岁了，身体却非常硬朗。提起袁谷红，老人开口就说："我家谷红比亲女儿还亲啊，有这样的儿媳妇为我养老送终，我是前世修来的福呀。"周老告诉我们：袁谷红十年以来，嘘寒问暖从未间断。2019年4月，袁谷红的丈夫因脑溢血病逝，袁谷红强忍悲痛、咬紧牙关处理完丈夫的丧事，又回过头来安慰同样悲伤欲绝的公公。她知道白发人送黑发人的悲伤是任何人都难以承受的。

在袁谷红的细心开导和精心照顾下，公公周老从悲伤中彻底解脱出来了。现在他不但不要人照顾，还主动给袁谷红料理家务，成了袁谷红生活的好帮手。

难怪袁谷红总是说公公的好。家有健康的一老，实在是难得的一宝啊。

谁用忠诚、善良、孝顺、宽容、热爱工作和生活，谁就是在播种春天的阳光。在受益者获得温暖的同时，播种者毫不例外地赢得灿烂的回馈。

忠心祝福袁谷红这位为事业、为乡亲、为同事、为父母、为她周围世界播种阳光的无私使者收获更加的灿烂和辉煌。

湖南省湘潭县青山桥镇霞岭村党总支书记　萧建平

在一个叫霞岭的地方

初秋的一天,我们来到号称"湘潭西藏"的青山桥镇采访,镇人大主席张霞得知我们的采访对象是霞岭村县人大代表、党总支书记萧建平,特意安排镇里一个联系霞岭村工作的青年干部给我们带路。

司机老方老家是青山镇附近的，听说到霞岭去，嘟囔着："鄢主席，要走十三公里路呀，上山下坳，左转右转，都是通（冲）。"

老方从当兵离开这山冲，都几十年了，就改不了青山桥的方言："冲"仍旧说成"通"。我不满地批评了老方几句。

车子沿着起起伏伏的山村公路前行。苍翠的群山逶迤延伸，嫩绿的禾苗在微风中荡起绿色的涟漪。虽是山路，却是硬化了的有五米宽的上等级公路。

有首歌叫《山路十八弯》，我们可是绕了不知多少个弯才到达了坐落在一个山坳里的霞岭村村部。弯虽然多，平坦的路面和路两旁的风景却深深地陶醉了我们。

一

在村部办公室，我们见到了党总支书记萧建平，他黝黑的脸庞透出刚毅和十分的成熟老练。

这个出生在饥荒岁月的中年汉子，经历了那些年所有山里孩子的艰苦经历后，当兵入伍去到了广西中越边境。那时，对越自卫反击战的硝烟未散，越方对我方边境时有骚扰，他与战友们蹲在"猫耳洞"里，守卫着祖国的边疆。因为出色的表现，他被部队记三等功奖励，并光荣地加入中国共产党。部队领导机关把他作为干部苗子培养，首长也找他谈了话。

一个山村里的穷孩子，眼见着就要成为人民解放军军官。正在这时候，萧建平连续接到了妹妹的数封来信。

"某某某做生意赚了大钱……"

"某某某搞种植发了大财……"

"某某某成了万元户……"

主题只有一个：哥，我们家姊妹多，是全队最穷的，你回来吧，家里指望着你这根顶梁柱啊。

萧建平清楚地知道，20世纪80年代初，在部队超期服役每月也就拿个十元、十多元津贴，家里生活又确实困难，而改革开放的诱惑也让他动了心，他向部队领导提出了退役的申请。

带着首长和战友们依依不舍的目光和对他生活得更加美好的期盼，萧建平回到了生他养他的山冲。他将从这里出发，谱写一个战士、一个中共党员，同样也是儿子、也是兄长、也是一个家的顶梁柱的人生篇章。他的责任，义不容辞。

是沉、是浮？是灰暗、是辉煌？乡亲们拭目以待。

二

萧建平回乡做的第一件事是长途贩运水果。从广西贩运水果到长沙。在广西当兵时，他便知道了水果生意在广西产地与长沙市场的利润空间。他的战友就有许多是广西水果产区的，他得天独厚。

第一笔生意，他就赚了一千多元，那是一个部队战士当时十多年也攒不到的津贴费，让他在半个月的时间里便获得了。

萧建平一干便是两年，为了穷山冲的一个穷人家解脱了长期的贫困，一家人头一次过上了让人羡慕的日子，终于让左右邻居另眼相看了。

萧建平回乡后做的第二件事情是放录像。这是他贩运水果两年后的新项目，也是他有了未婚妻后的决定。贩运水果，不说是盆满钵满，居家过日子还是可以的了，见好就收。而且，那种长期漂泊

利用山地发展养殖业

的日子，待久了，也不是个滋味。但光种着自己的一亩三分地，也不是办法，那是无法养活一家人的。

那时，霞岭还没有通电。这个湘潭县的偏远的山冲，与双峰县的井字街仅一村之隔。人们还生活在靠松明火把、煤油灯照明的原始时代。萧建平从这里发现了商机。他买了大功率柴油机，又去弄了个录相放映机。十里八村有红白喜事赶去为人家发电照明，还为人家放录相。虽然算不上赚大钱的买卖，倒也不乏为山村旮旯里一桩有点现代化气息的职业。他也不再风餐露宿地奔走在贩运的路上了，算是有了个稳当的养家糊口的职业。

1988年，萧建平结婚了，然后几年里，有了自己的一双儿女，他也算是成家立业了，他的姊妹们该嫁的嫁，该娶的娶，都过上了自己正常的、安稳的小日子。

随着改革的深入和经济社会的不断发展，小山冲里照明用上了电，现代信息也快速地进入了山冲。萧建平经营了数年的放录相的职业到了尽头。他被暂时地淘汰出局了。

电视剧《西游记》有一句词："敢问路在何方，路在脚下。""脚下"成了萧建平这位退伍老兵新的人生起点。

三

1992年春暖花开的时节，萧建平被乡亲们选进了村委会。1997年，同样春暖花开的日子，萧建平被乡亲们选为村委会主任。他的蹉跎人生，开始有了新的改变。

1998年还是一个春暖花开的时候，萧建平被全村共产党员、上级党委推到党支部书记的岗位。

这个军营里出来的男子汉，又经过村基层干部的不断历练，更加成熟了。他深谙乡亲们的疾苦，他知道老百姓需要什么！

人们常说：新官上任三把火。萧建平也不例外，他上任后的第一件事，就是进行道路改造。

从青山桥镇出发到霞岭村13公里，从霞岭至双峰井字街交界处6.8公里，共19.8公里，是当时周边19个村出行的主道。原来修的路最宽处也才3米，更多的地方也就2.5米。弯道多，安全隐患大，长期堵车。萧建平经历了这一切，心忧如焚。

他是霞岭村的党总支书记，也是湘潭县人大代表。2017年上半年，他将青山桥至井字街公路的加宽改造的建议向县人民政府提出了。

湘潭人民政府并县交通局在短时间内便将此事立项实施了。

萧建平与工程技术人员，守在工地，该降坡的地方降坡，该拉直的地段拉直，该拉大的拐角拉大。动工不足两年的 2019 年年底，19.8 公里改造加宽的高规格山村公路全线贯通，这偏远山村终于告别了"行路难"。

当年，高压电进山冲是"三五线"，因为输入受制约，乡亲们的照明用电，100 瓦的灯泡，也只有 5 瓦的光亮。村上曾经加了五个变压器，皆因"三五线"线路的来源小，总无法满足老百姓的需求，谁家抽个水、用个空调也跳闸，更别说弄个小厂、小企业的，用电成了严重制约人们生产生活的闸门。

萧建平为了山村科学发展的需要，也为了老百姓的福祉，找上级领导和职能部门提建议，邀请领导同志看现场，软磨硬泡，萧建平终于争取到了线路改造的项目：全程 21 公里高压线路由"三五"

组织篮球赛并合影

改成"一二零"。这就是一条渠道加深加宽两倍多的概念。输入的渠道畅通了，惠及了霞岭和周围数村的群众，彻底解决了"用电难"这个老大难问题。

四

霞岭是块靠山塘灌溉1078亩耕地的地方，全村的水塘水渠，因为长期的淤泥囤积和年久失修，蓄水灌溉耕地的功能大打折扣。每当农田急用灌溉时，人们为水发生的纷争甚至斗殴，连连不绝。

萧建平带领乡亲们将全村20多口共150多亩水面的骨干水塘全部清淤并硬化，疏浚和硬化了3200米的水渠，修了两处电站闸门，真正意义上保障了水塘的蓄水、保水和水路畅通的作用。

萧建平告诉我们：还有几十口小山塘的清淤硬化还未搞好。他打算在未来的五年里完成这"最后一公里"冲刺，到达大旱三年没干旱死角而保丰收的境界。

2019年，萧建平又将全村耕地流转给由21个村民组成的种植合作社，合作社还添置了各种农业机械设备及稻谷烘干和储藏的设备和仓库。

春种秋收，和谐富庶的社会主义新农村的画图展现在一个曾经偏僻、曾经贫穷落后的小山村。

就要结束采访了，萧建平告诉我，霞岭村全村人口1802人，常住人口却有1849人，这多出的47人是在城里退休的人。他还告诉我，还有许多老家在霞岭的人要求回来过。过去，他们被贫穷逼出去，今天也让美丽乡村吸引归来。这就是诗意啊！萧建平和他的乡亲们创造着这种诗的境界。

小轿车在这返城的路上似乎跑得更快，司机老方兴致勃勃地说：鄢主席，咯条路，连不是原来又窄又堵又危险的通（冲）了。咯硬开得80码。好通畅啊。

　　这次让老方说对了。"冲"和"通"似乎在词典里从来是不通的。而山清水秀的霞岭村的路通、电通、水通，冲已经不再是"冲"，而是通畅的"通"，诗画般的"通"了。

全国劳动模范、湖南省湘潭县锦石乡碧泉村党总支书记 **谭俊岳**

活水源头

　　夏末的一天,火辣辣的阳光伴随着闷热,我们从县城出发去碧泉采访。我此行的目标是全国劳动模范、湘潭市县人大代表、碧泉村党总支书记谭俊岳。

　　从德怀大道下来,进入乡村公路,便进入了碧泉村。只见车外一垄垄青翠的禾苗正忙着抽穗扬花；一栋栋漂亮的农家小楼，别致错落；车下的沥青路平坦舒展。眨眼间便到了碧泉潭，不足半亩的水面上微波荡漾，如镜般清澈见底，倒映着蓝天白云，潭中的凉风袭来，把周边的燥热驱赶走了，身心感受到凉爽和舒展。我情不自禁地吟咏起朱熹的《观书有感》："半亩方塘一鉴开，天光云影共徘徊。问渠那得清如许？为有源头活水来。"这碧泉潭不就是朱熹笔下的"半亩方塘"吗？如此人间仙境，得天独厚。谭俊岳的成功，是理所当然地顺理成章吧？我在心里问。

一

碧泉潭在公元400多年的南北朝时期便被世人知晓。经历1500多年的历史更替，碧泉潭兴盛过、衰败过。公元1129年，胡安国携子胡宏、侄胡宪，自福建来此，他花银买下了碧泉潭旁山地，并建下了碧泉书院，开馆授学。从此，碧泉潭和正在咫尺的隐山成了理学和湖湘学派的发源地。胡氏父子也就成为了湖湘文化的开山鼻祖。湖湘文化的源头随碧泉潭水出发，润泽着湖湘大地。

然而，偏僻、贫穷和落后，总是笼罩着这片土地。直到21世纪初，泥泞的山路，荒芜的土地，人均不足3000元的收入，贫困的冤魂不散，碧泉潭水日夜地流，流出的是委屈和叹息：历史名村，成了贫困名村。

谭俊岳站出来了，他说不能这样了，外面的世界改革开放发展擂起了24面战鼓，我们的碧泉潭还以为是"鸡啄篮盘，冇一点反应"。

2004年，当选碧泉村党支部书记，他的就职演说归结就是一句话：我们碧泉潭人再也不能端着金钵子过穷日子了。

看这话怎么说，碧泉潭哪来个金钵子？有人迷惑了。

谭俊岳这个人心气真高：湖湘文化之源，碧泉潭水就是金钵子。这个金钵子谁有？就我们呀，真正的得天独厚。

明眼人一眼便看出：谭俊岳这是要向湘湖文化索富、向碧泉潭水要钱啵。

胡安国、胡宏父子秉春秋大笔，写天下文章。谭俊岳没有那豪放，他只想认真地做好人文资源和碧泉潭水的文章。

二

碧泉村的基础设施差。长期以来，村上没有一条像样的路，乡亲们喂的猪、产的粮食都无法运出去，七扯八撇弄条毛路出去，因为路基未夯实，路面材料不讲究，经常烂得如一锅粥。

谭俊岳明白：再好的地方，没有一条好的路，是无法好起来的。他的第一桩大举措便是修路。他从全村今天、未来出发，全方位地规划好每一条路。他起早贪黑地带领村支两委与乡亲们坚守在修路工地上，一个冬春下来，修了6公里。他又是凭着这股精气神硬化了公路20公里，铺沥青6公里，终于让全村几乎每户村民家都通了公路，为大家带来了生产、生活的便利，也为来碧泉潭旅游观光的游客带来了更多的舒适。

多年来，碧泉潭的水利设施滞后，水路不通制约着农业生产的正常操作，谭俊岳组织乡亲们疏浚和开挖出30公里的水渠，并全部硬化到位。他还在碧泉潭里修了个机埠供应碧泉潭后冲和高坡上的农田及乡亲们的生活用水。如今，连"碧泉潭"矿泉水公司的水也是从那个机埠提上去的。

2020年5月26日，主题党日活动

谭俊岳是个典型的农民，他以一个农民的忠诚、勤劳，执着地追求着乡亲们的幸福和乡村的美丽。在村里基础实施改革和建设的现场，大家都能看到他的身影，因为，他事必躬亲。

有人帮他算了一笔账，一年到头365天，如果将他的工作时间以8小时为一天计，那么他一年相当于工作700天。基本上是两天工作一天做，谭俊岳从2004年担任村党支部书记至今，年年如此。

2014年，谭俊岳因长期超负荷的工作，心脏跟他过不去了，他去医院做了心脏搭桥手术，没住几天院，又去了一个引进项目的工地。

三

碧泉潭水清澈明亮，天生丽质，四季恒温恒量，富含锌、硒、锶等有益微量元素，水质呈弱碱性。用碧泉潭水灌溉的农田稻谷饱满，口感极佳，曾为宫廷贡品。

"碧泉潭的水，就是个金饭钵呀！"谭俊岳通过技术鉴定，了解到碧泉潭水如此金贵时他非常振奋，暗下决心：一定要让碧泉潭水为社会经济发展做出应有的贡献。他开始做起了水的文章。

可是，要搞项目，就得有钱，有巨额的钱。村里没有任何经济收入，到哪里找到巨额的开发资金？谭俊岳被制约全村经济发展的瓶颈给卡住了。

正面攻不上，侧面攻。谭俊岳看过一些战争片，也开始使用战术了。他立马行动：招商引资，借鸡生蛋。碧泉村这片经济开发的水的文章开始动笔了。

村里水利、电力、道路等，基础设施已基本搞好，还加快了耕

2020年，碧泉潭水种植优稻，观察生物治虫（赤眼蜂）

地集中流转,为筑巢引凤打好了基础。谭俊岳还时常关注农业、水利、林业、交通、国土、科技扶贫等职能部门的项目、资金信息,使与之相适应、配套的项目、资金竭力引进。村容村貌得到了前所未有的改观。

2013年谭俊岳引进资金,创办了湖南碧泉潭生态资源开发公司,投资1500万元,开发出"碧泉潭"饮用水,现已经打造成了全国最先进的饮用水基地。生产出瓶装、桶装矿泉水,实现年产值3000万元,并于2015年7月31日正式登陆上海股权交易中心小企业股权报价系统,成为了湖南第一家登陆资本市场的饮用水企业。

从2014年开始,谭俊岳利用碧泉潭水资源灌溉的优势,引进了湖南华绿生物科技有限公司,发展农业合作社,成立贡米协会。用碧泉潭水灌溉生产的水稻,采取病虫害生物防治,就是以赤眼蜂、青蛙、鱼等虫害的天敌防治,施用自制有机肥等措施,提高了生产优质高档水稻的能力。碧泉潭生产的优质稻已通过无公害产品认证检测,并成功注册了"碧泉潭"牌贡米商标,成为了湘潭市农业产业的一张靓丽的名片,为碧泉村农户增加年收入每亩1000元。

2016年,谭俊岳筹资200万元,新建了一座厂房,村上租赁给一家槟榔生产企业做加工厂使用,直到现在,加工厂销量旺,长期安置当地的农民工就业,每年支付农民工的工资总额400万元。同时,每年还为碧泉村交付厂房租赁费用15万元。

谭俊岳2009年引进投资3000万元的娃娃鱼养殖产业,20亩场地,全部用碧泉潭水养殖,产值比一般水面高出数十倍,而村上获得了每年每亩800元的佣金。

谭俊岳还引进了特色鱼类养殖基地,场地40亩,产值比一般鱼高出十倍。

现在，谭俊岳又在引进新恒厨食品加工企业，对方准备投资5000万元，将碧泉村生产的碧泉潭水浇出来的、喂养出来的优质食材加工出来，进入国际市场。对方信誓旦旦：预计产值要达两个亿。

到目前为止，入驻碧泉村的企业已经解决了全村500人的就业，村集体经济从无到有，全村人平均年收入由21世纪初的不足3000元，增加到了今天的15000多元。

谭俊岳和他的同事们仍未满足，正在前进。

四

胡安国、胡宏在碧泉书院创立的灿烂的湖湘文化，最核心的便是经世致用、敢为人先。深得湖湘学派真谛和基因的谭俊岳把传承优秀传统文化和一个共产党人全心全意为人民服务的天职有机地结合起来，始终不忘初心、不谋私利。

谭俊岳还是连续三届湘潭县人大代表、连续三届湘潭市人大代表，并兼任市人大农业农村委委员、县人大财经委兼职委员，他忠于职守，尽责尽力，将自己从人民群众中得来的、代表群众利益和诉求的各类建议和意见反馈给市县政府及职能机关，使许多问题和困难得到了及时的解决，维护了党和人民的根本利益。

乡亲们说：哪里有困难、有问题、有矛盾，哪里就有谭俊岳。熟悉谭俊岳的人都知道谭俊岳的行踪。他总是在为乡亲们破难解困的地方。碧泉村近几年的快速发展，每一步都凝聚着谭俊岳辛勤的汗水和艰苦的努力。有时，部分村民不理解，有抵触情绪；有时有的村民为一己私利，眼光于浅。谭俊岳总会苦口婆心地做思想工作，

2019年，谭俊岳与农业专家刘尉观察优质高粱喜获丰收

让大家都来放下包袱，支持村上治穷致富、建设美丽乡村的工作。面对村里一些项目需要占用部分村民的承包地，村上又没有任何经济补偿，作为村里的"当家人"，谭俊乐总是风里雨里，不厌其烦地挨家挨户做工作，有效地推动了各个项目正常进行。

喝着碧泉潭水长大的谭俊岳，把碧泉全村的文章越做越大，越做越精彩。他2014年成为了市劳动模范，2015年成为了省劳动模范，2020年又被评为全国劳动模范，参加了2020年11月25日在北京举行的"全国劳动模范先进工作者表彰大会"，受到了习总书记和党、国家领导人的亲切接见。

碧泉全村面积15.67平方公里，农田3910亩，1200亩水面，3608人，44个村民小组，它由一个历史名村变为穷村，又由穷村变成了走向小康的名村。这是社会历史发展的必然，还是造物主的故弄玄虚？谭俊岳带领碧泉全村人天天向上的步伐里，有一个共产党人的追求和理想的信念。这就是生命的哲学。

在湖湘文化的活水源头创业，就要做出真正让乡村繁荣、乡亲幸福的货真价实的成就，这就是谭俊岳继续努力的目标。

碧泉村依傍的山边。有一座十分精美的亭子，叫"有本亭"，是胡宏为纪念父亲胡安国建造的，后因年久失修而毁灭，谭俊岳将其恢复，并将胡宏亲撰的《有本亭记》镌刻在石壁上，一道美丽的人文景观再现游人眼帘。《有本亭记》意味深长，这个世界是没有无源之水、无本之木的。胡宏修有本亭，写《有本亭记》，是要告诉后人不要忘本吗？

谭俊岳体会最深：传承湖湘文化，就不能忘本；不忘初心，为人民服务就不能忘本。

为了深层次地开发碧泉潭的人文景观和山水景观的旅游资源，谭俊岳正在作更深层次的构想和策划。不假时日，我们也许能看到碧泉书院和碧泉潭焕发出崭新的声韵。

离开碧泉潭，离开谭俊岳，我又想起朱熹的《观书有感》"半亩方塘一鉴开，天光云影共徘徊，问渠那得清如许，为有源头活水来"。

湖南省湘潭县云湖桥镇新联村党总支书记、湖南科星公司董事长　熊炼秋

最美乡村拓荒牛

　　走进湖南科星生态农业有限公司，一股清新的空气扑面而来。这个公司投资4400万建设的全面自动化母猪生产线近在咫尺，这里饲养了数千头母猪，却没有一点异味。办公楼别致地矗立在绿荫覆盖、鲜花簇拥里。

别人喂几头猪，还闹得臭气熏天，这猪场是怎么弄的？带着这个疑问，我们采访了湖南科星公司董事长熊炼秋。

一

熊炼秋既是科星公司董事长，又是云湖桥镇新联村党总支书记，还兼任湘潭县人大农业与农村委员会委员、湘潭市政协委员。

熊炼秋创办的科星生态是国家级生猪标准化示范场、省级特色产业园，建有高标准栏舍1.1万平方米，2019年出栏生猪3.28万头。"非洲猪瘟"来袭后，不少生猪养殖场纷纷减产或倒闭，科星生态却逆势而行，投资4400万元建设了一个规模为可以容纳3600头母猪的全自动化生产线猪场。

熊炼秋这样大动干戈，周围的朋友对他提出了质疑：风险太大呀！

有的说：这头犟牛，想拿钱砸水泡泡吧。熊炼秋说："在非洲猪瘟疫情防控期间扩大生产规模，很多人不理解，认为我傻。但我相信，集团化、集约化、标准化、规模化才是未来生猪养殖产业的发展方向。"他打算通过场地合作的形式，与国内大型企业结成战略合作伙伴关系，养殖所需的饲料、品种、疫苗等均由对方统一供应，生猪由对方统一收购，实现与大型企业互利共赢。

合作企业进驻后，环境保护、风险抵御、与周边村民关系的处理，都是熊炼秋和他的公司必须面对的关键问题。对此，熊炼秋非常有底气。他从2003年开始专业养殖山羊，到2006年兴建现代化养殖场，再到现在新扩建的养猪场，熊炼秋始终心怀发展梦想，兢兢业业、勤勤恳恳。面对生态环境给生猪产业提出的更高要求，科星生态早在多年前就投入大量资金，致力打造集养殖——粪便无害化处

2020年6月，省、市人大领导视察科星公司

理——种植的资源循环利用和休闲观光于一体的现代化农业基地，实现了生猪养殖污染"零排放"，形成了生态种养的"科星模式"。环保优势和他多年来积累的生产经验，特别是熊炼秋与当地群众结下的深厚情谊，都为科星生态与合作企业未来的发展奠定了良好的基础。

二

市县许多领导来科星生态调研视察，称赞科星生态发展势头良好、前景光明，为乡镇企业助推乡村振兴作出了示范，希望熊炼秋带领当地干部群众在脱贫攻坚路上开辟新天地。

熊炼秋信心十足，他说："我是扎根基层的人大代表、政协委员。做大做强企业，带动一方群众致富，是我的梦想；深入基层，聆听群众心声，为农业更强、农民更富、农村更美积极鼓与呼，更是我的使命。"他当县人大代表五年,将自己在实际工作中了解的群众的诉求写成意见和建议十多次向上级领导机关提出。他说,群众想的是什么、需要的是什么,我都明白。

生在农村、长在农村、事业扎根在农村,熊炼秋对"三农"的感情深厚。他是村党总支书记,既是村民的"主心骨",又是村级经济发展的带头人,更是村民致富的领路人。在他的带领下,新联村的集体经济得到了较好发展,2019年,村集体经济已达二十余万元。村党总支被评为湘潭市"五星党支部",新联村也获得了"湘潭市人居环境示范村""湘潭县人居环境先进村""湘潭县乡村振兴示范村"等多项荣誉。同年,熊炼秋还先后十二次应邀在全省贫困村暨民族地区和革命老区村党支部书记培训班上分享新联村脱贫攻坚和村集体经济发展经验。他本人也先后被评为"全国农业劳动模范""湘潭市优秀乡土人才",并连续多年被评为"湘潭县优秀人大代表""湘潭市优秀政协委员""县优秀民营企业家"。

三

熊炼秋对"三农"有着深厚的感情,还因为他少年时让他刻骨铭心的故事。

熊炼秋,1973年出生,属牛。天生个牛的韧劲、吃苦耐劳的个性,父亲是个当大队干部却根本不顾家的厚道农民。在那个经济贫乏的年月,于一个生育五个儿女的家庭来说,苦不堪言。他仅读了小学三年半的书便辍学了,他得为家庭解困去挣工分。他给生产队放牛,有一次,不小心让牛从小河的此岸跑到了彼岸。

这个属牛的让牛伤了肌体，也伤了自己的心。从此，他对牛敬而远之，发誓永不放牛了。

1985年，年仅12岁的熊炼秋跟人学泥工，去到广东韶关。12岁，年龄太小，害怕人家不要他，便在办身份证时悄悄加大了2岁，这年龄加大就成了永久。两年后，他在广东学徒期满回了家。

从此开始，熊炼秋名堂搞尽。什么泥工、锻工、焊工，做槟榔生意，开槟榔加工厂，就是人家办红白喜事，他吹拉弹唱也上得了场。

2003年，熊炼秋投资30万元，引进400多只优良品种山羊，在市、县专家的指导下，养殖规模不断扩大，并带动了周边20家农产养殖，熊炼秋成了抓大收入的"羊倌"。三年后，熊炼秋又转型从事生猪养殖，投资40余万元，兴建了现代化的养猪场，并承接优良猪品种繁殖保种的任务。从此，猪场规模年年扩大，目前已

2020年6月，熊炼秋向省、市人大领导介绍科星公司情况

成为存栏母猪1500头，年出栏生猪30000头，产值5000万元的大型猪场。

2006年春，村党支部召开选举大会，熊炼秋被全村党员，全票选上了支委。2007年春，全村群众又把熊炼秋推上了村主任的岗位。2009年，熊炼秋又担任了村党支部书记。2017年，小村合并大村后，熊炼秋再次当上了党总支书记。

有人也许会说，熊炼秋这小子也太顺了吧。其实呀，熊炼秋是靠自己干出来的。他是在别人看不到希望的地方耕耘，播种希望。

邻村与新联交接处有83亩荒芜的土地，是一个没有人要、没有人管的去处，山上树木不长，倒有90多座在荆棘里的坟堆。

邻村的村支两委找到熊炼秋，硬让熊炼秋以每年55元一亩接受了这片鸟不拉屎的土地，而且一订43年。

如今这片土地被熊炼秋建成花园式的科学生态公司和现代化的大型养猪场。

熊炼秋流转了村上1000多亩稻田，别人流转土地每亩每年补贴200多元，他流转土地的补贴是550元至600元。

有人劝说他，叫他别傻了。他说：你们才傻呢，本来就能做到的事，为什么不做。事实也不断地证明了熊炼秋的做法没错，因为他总是让他的项目达到利益最大化的境界。

还有人说他是运气好，这一点他不否认，他说：其实我们大家都是遇到了改革发展的好政策、好运气。只是有人愿意干，有人不愿意干，运气不是天上的馅饼，就算是，它不会掉到不干事的人的饭碗里来的。

熊炼秋只上了三年半学，有领导夸他，水平超过了学历，能干事，敢干事，能干大事。

那位领导也许不知道熊炼秋在党校学习的文凭有好几个，更不知道他是如何刻苦地学习和思考的，他还被湖南省委党校聘为兼职讲师。

"读书是学习，使用也是学习，而且是更重要的学习。"毛主席的这段话用在熊炼秋身上再合适不过了。现在，熊炼秋生态绿色养猪场模式被全国众多大型养猪企业效仿，他的沼气发电已经连接上了当地电网，并有了收益。

熊炼秋围绕生态循环农业模式、农村水利建设、农村基础教育、建制村合并、种植结构调整、农村饮用水安全、农村养老服务等关系民生的热点话题，提交意见建议共达40多件。

"农村是一个广阔的天地，在那里是可以大有作为的。"65年前广为流传的这句话，熊炼秋越来越觉得亲切。无论是身为企业家，还是基层人大代表、共产党员，也不管曾经走过多少坎坷、将来道路如何曲折，他始终胸怀梦想，不忘初心，脚踏实地，他将永远在这片土地上拓荒，他是永不后退、永不气馁的牛，是乡亲们口里称道的有"牛气"的"牛人"。

湖南省湘潭兴宏运集团公司董事长　胡运庚

罗汉山下"牛"大叔

他不属牛,也不姓牛,名字里也没有个牛字,他却是花石镇上、罗汉山下最牛的牛人。胡运庚,是他的大名,今年满拍拍一个花甲。在花石镇,年轻人都亲切地唤他牛大叔。

胡运庚"牛","牛"的理由有三:

之一，他是企业家，旗下企业有三家：兴宏运湘莲食品有限公司、兴宏运置业公司、兴宏运大酒店，并由此兴宏运集团公司，企业做得风生水起。

之二，他是社会行业负责人：湘潭县湘莲产业协会会长，协会实力和影响的名声在外。

之三，连任湘潭县人大十四届至十六届代表，连任湘潭市人大十四届至十五届代表、市人大农业委兼职委员，还当选县十六届人大常委委员。履职尽责，有口皆碑。

之四，不管是当代表还是做实业，胡运庚兢兢业业、倾情投入、一往无前，不达目的不罢休，好似一头"尽力牛"。

胡运庚是怎么"牛"起来的？我们循着他人生的足迹找到了他成功的奥秘。

一

1960年3月一个倒春寒的日子，花石镇罗汉山下的罗汉村里一声啼哭，胡运庚问世了。在那饥荒的岁月，胡运庚真不应该出生，他问世才5天，父亲便活活地因饥饿死去。姐姐和两个哥哥都饿得皮包骨，母亲的奶水像干枯的河床流不出清泉那样，胡运庚是靠全家嘴边省出来的粥水和菜汁活下来的。

他先天营养非常不良，是否也会先天不足呢？

生命往往会有奇迹出现，胡运庚特别灵泛。邻居们都说：胡运庚是属"鼠"的，"鼠"就是灵泛。

胡运庚上小学、上初中、读高中，成绩总是比别人好。就是做点家务也比同龄孩子强，高中毕业后，他就在家务农。撒谷种秧、

2019年4月,市产业集团负责人视察湘莲协会工作

扮禾插田的农活他也不比别人差。1978年至1988年这十年间,他从学木匠手艺到做木工手艺,凭干体力活、技术活找到了赚钱多的感觉。2008年—2010年在中国农业广播大学大专毕业。

后来,他发现做湘莲生意赚钱更多,自个也开始了小打小闹地做起湘莲的生意来。这一天,是1988年7月18日,是胡运庚走上经商道路的第一天。

他在湘莲产业流通渠道里打拼,一晃就是十几个年头,他思路敏捷、信息灵通,加上诚信经营,生意由小到大,由弱到强,个人财富迅速增长。

兴宏运湘莲公司成立于2006年,兴宏运集团公司及兴宏运湘莲食品、兴宏运置业两个子公司和兴宏运大酒店陆续成立。

胡运庚成功了。企业得心应手,风生水起,他的公司成了花石地区的龙头企业。每年给国家缴纳的税收上百万元。

在花石，没人不说胡运庚"牛"！

二

成立于2000年的湘潭县湘莲协会，是一个湘潭县湘莲产业的社会团体，是胡运庚等一批种植、经营湘莲的同仁抱团取暖的组织。成立之初，缺乏经验，协会工作总处在被动和滞后的状态中。会员们呼唤能作为、敢作为、愿作为的协会负责人出山。

2006年的春天似乎来得比往常早。

湘潭县湘莲协会第二次代表大会在花石镇政府举行。大会明确了协会的任务和职责，修改了协会的章程，选举了新一届的理事会，胡运庚高票当选湘潭县湘莲协会会长。

一上任，胡运庚感觉到了肩上担子的分量。他有一摊子的事要做呀！

当时最要紧的是"夺商标"，要把别人窃注的湘莲商标夺回来。

那是协会上一届内发生的故事。湘莲商标虽在业内已得到认可，但因湘潭没上报国家、正式申请商标注册，被外省一个公司注册了。本来很小的一件事惹得胡运庚上外省、上京不知多少次，经过两年的努力，湘莲商标才终于回归故里，"物"归原主。

湘潭湘莲协会的主要职责是湘莲行业规范化管理，发挥湘莲产业与政府的桥梁和纽带作用，协调行业内部的矛盾，维护湘莲企业及个体户之间的公平竞争和合理权益，发展湘莲产业，为湘莲产业与企业牵线搭桥，争取各种项目和财政资金，积极对接银信部门，为湘莲企业融资、、及时对接商标管理部门，等等。

迄今为止，胡运庚共为协会注册了8个湘莲商标，他依法整改以化学药品洗白莲的恶性事件，并向媒体披露曝光用工业添加剂漂洗的白莲，维护了湘莲品牌的良好形象；他还与省农科院的教授对接研究湘莲深加工产品；为湘莲企业向省、市、县税务部门争取了税务服务点延伸等。

胡运庚为湘莲的商户和种植户申请到经湘莲协会批准，一次最多可贷50万元的一家银行的合作。

胡运庚组织湘莲协会举行了6次花石湘莲艺术节，赏荷已成为时尚。艺术节是湘潭招商引资、经贸合作的大舞台。

在花石镇，没人不说，胡运庚"牛"。

三

胡运庚是市、县两级多届人大代表。履职是他一项重大的责任，他说："人大代表就像一个挑夫，一头挑着党和政府的殷切嘱托，一头挑着人们的寄托和厚望。"

他认为人大代表的担子不是轻松的，得铆足勇气，才能担当；只有忠诚不二，才能无愧党和人民。

在湘潭县第十四届至第十六届人大会议和湘潭市第十四届至第十五届人大会议上，胡运庚多次提出了关于加大支持湘莲产业的力度，大力支持花石特色小城镇建设力度的意见和建议，受到了市委和市政府、县委和县政府的高度重视，并立见成效。他还有万亩湘莲基地的建设、湘莲市场四期烂尾楼的处置、韶茶干线与湘莲市场连接线的污水处理和排放及湖湘村落文化田园建设等一系列项目，均收到良好的效果。特别是湘莲市场四期烂尾楼，2000年征用

湖南省农业农村厅领导来花石湘莲市场验收湘潭湘莲地标

的 50 亩土地，一直没给土地补偿。2012 年，胡运庚将对这件事的意见和建议交给市政府，市长大笔一挥——1980 万元到位。

花石湘莲产业园是胡运庚向市委、市政府建议国家支持的大项目。当时准备投资十个亿，市里主要领导在 2017 年 10 月 10 日召开的相关大会上都说了马上开工。时过四年，在市人大小组会上，胡运庚还是忍不住向市政府领导提出：您当年承诺，花石湘莲产业园马上开工，时隔几年，为什么还没开工？同在小组会上的市、县领导不免都有些尴尬。市主要领导则表示了歉意，说明了推迟的原因。末了，还夸赞胡运庚，说："讲真话、讲直话，是我们党的光荣传统，大家应该向胡代表学习。"

疫情刚缓，花石湘莲产业园的建设便正式动工了。

胡运庚工作繁忙，又身兼市、县人大数职，对人大所有工作从未推诿、缺席，就连仅有一次的迟到，也是从花石赶往县城的路上遇到车祸，他也在第一时间向人大办公室请了假。

在花石，没人不说，胡运庚"牛"！

胡运庚真"牛"！"牛"得有底气，"牛"得有韵味，"牛"得有诗意！

胡运庚不属牛，却"牛"气。他是以牛的勤奋、牛的真诚，谱写这"牛"的赞歌。

湖南省湘潭县中路铺镇竹冲村党总支书记　陈升根

爱要认真献出来

　　湘潭县中路铺镇有个竹冲村，村党总支书记陈升根带领乡亲们艰苦创业，脱贫致富，以美丽乡村的硕果和魅力，向世人展示，让村民获得了极高的幸福和自豪感。他以无私奉献的努力，谱写了一个共产党员、人大代表对党、对人民的热爱。

爱从山里出发

  1959年11月一个秋风肆意的日子，湘潭县中路铺区火口大队一个普通农民家庭，伴随着一声凄厉的啼哭，陈升根来到了人间。幼小的生命不可能知道年轻的共和国最艰难的岁月已经开始。

  父母嘴边匀出一口口稀饭和着人性最伟大的慈爱把陈升根慢慢喂养大。

  陈升根上学了，无法节育的年代，父母给他带来兄弟姐妹共五个，本来就贫困的家庭雪上加霜。陈升根是靠学校减免学费上小学、进初中、读完高中的。虽然遇上了读书无用的社会偏见，陈升根却没有轻视父母养家糊口的艰辛努力，他的考试成绩总是排在班上的前列。没有文化的父母对文化和文化人特别尊重，没文化怎能把未来的重担来承担。家乡走出来齐白石、黎锦熙、黎锦晖就是因为有文化，才给国家作出了非凡的贡献。他们特别看重陈升根的学习积极性。

  1976年，陈升根高中毕业了。那时，国家还没有恢复高考，他回到了家乡参加生产劳动。他想参军报效国家，却因为体检时腿上有风湿毛病而失之交臂。他爱摆弄电工、电器，乡亲们就让他担任了大队的农电员。后被上级主管部门调到一个镇的农电站任站长。一晃又是几年过去了。后来，又在2005年，陈升根辞去了某镇农电站长的公职，毅然下海，成立了水电安装公司。那时，他认为：一个镇的农电站长谁都可以当，而走向大市场的水电安装则是具有强烈的挑战性和刺激性。他要大刀阔斧地干一番事业。何况，他的破旧的老宅需要数额较大的钱去修复，仍然贫穷的家乡很落后，更需要巨额的资金去建设。他没有别的捷径可走，就在水电安装行业一搏吧。

1953年入党并多年担任农村基层干部的老父亲对临行前的陈升根说：本分做人，认真做事，要心里有爱，胸中有情。

陈升根铆足了劲，带着父亲的嘱咐和一班家乡的人马从山里出发进城了。他将把对家的热爱，去城里淬火。

爱从城里返乡

陈升根是怎样凭着人格的魅力、过硬的技术和最佳的质量、诚信，以及优秀的团队精神立足水电安装市场的？故事很多且动人。本文就不赘述了。本文的目的只反映陈升根对他的家乡湘潭县以及他的乡亲们不离不弃的热爱。请读者诸君见谅。

陈升根视察环境卫生

一句话，陈升根成功了，他终于有了城里的别墅式房子，在银行有了多位数的存款余额。

虽然城里有了别墅、有了巨额存款，陈升根却不愿意去上城里的户口，他还是中路铺镇火口村的村民，他压根就不愿丢下曾让多少人伤心流泪的农民身份。他口里不说，心里却无时不惦挂着家乡的那片土地、那里的父老乡亲。乡亲们的生存、生活，生老病死，是他无法抛却的念想。

张三的孩子又要上学了，学费肯定还没有下落，陈升根把学费送去。

李四长期住院，又没有经济来源，陈升根给他送去医药费。

王五年老体衰，仅有一个儿子还先天智障，陈升根隔不久就给他送去生活费。

村里的哪口山塘要维修，缺钱，陈升根送去捐款。

村里的哪段路要硬化，缺钱，陈升根送去援助的款项。

村里哪处要增加个变压器，没钱，陈升根送去帮助的资金。

他给父老乡亲和村里的建设支援了八十多万元。陈升根的钱是经过艰苦努力，有时甚至是冒着被人恶意拖欠工程款等诸多市场风险赚来的，他也不是慈善机构，他没有任何理由要为社会承担分外的责任和义务，他到底是为什么？

又是一句话，就一个字：爱！

陈升根太爱自己的那个被城里人、被有钱人、被有地位的人根本看不上、瞧不起的仍然落后、仍然贫穷的农村里的家乡。那块土地养育了他，淳朴的民风、知足宽容的胸襟，还有勤劳、憨厚、善良勇敢的秉性，给了陈升根厚重的热爱。陈升根家乡火口村的父老乡亲强烈要求他回去带领乡亲们改变贫穷和落后，中路铺镇党政负责人找到陈升根，请他率领乡亲们过上好日子。

盛情难却，责任难却。一个共产党人的责任和义务，一个游子的忠诚和热爱难却。陈升根把公司交给弟弟管理，从城里回来了，他要用自己的青春热血谱写爱的篇章。

爱在心上生长

陈升根回到家的第一件事，便是将自家多年未修缮的破旧房子做了整体的改造，他们要在家里扎根，真正将"窝"先打造好，那种"先治坡，后治窝"不再合时宜了。

2011年陈升根被选上了火口村主任，2014年火口村、竹冲村合并为竹冲村，陈升根又担任村党总支书记。陈升根2012年当选县市人大代表，至今已是两届。

这么多年过去，陈升根为村上、为村上的父老乡亲都干了一些什么？换言之，他是怎样履行他的职责的？

如何带动更多的村民一起致富？如何让竹冲村发展得更好？村民要致富，村级要发展，基础设施落后是阻碍发展的重要因素之一。陈升根一直将加强基础设施建设作为重要抓手，努力争资争项，近几年争取上级拨付和村民自筹资金达800余万元。从农网改造到道路建设，再到水利设施建设，竹冲村的环境发生了翻天覆地的变化。

陈升根实现了全村第二轮农网改造，新增加变压器9台，通讯光纤电缆全覆盖，全村所有的主干道都安装了路灯。

陈升根带领村民硬化村级道路，全村水泥路到户率达90%以上。

2020年7月,陈升根与村支委成员一起检查村垃圾分类处理场运转情况

陈升根带领大家修整主水渠4条,骨干山塘30余口,基本满足了农田灌溉所需。

陈升根建起了配套完善的村级服务阵地、留守老人日间照料中心、儿童活动中心,并全面完成了全村危房改造任务。

陈升根特别重视人居环境治理,专业的环卫队伍,并入常态化管理机制。竹冲村先后获得农村环境卫生精细化、垃圾分类减量处理示范村、市级卫生先进示范村、省级卫生村等荣誉称号。

陈升根抓住种植结构调整契机,根据市场需求,打造一村一品。他根据本村土壤适宜种植小籽花生的特点,积极争取上级资金和技术支持,开辟了小籽花生产业。让花生基地辐射全村十个村民小组,种植面积700余亩,一年产量100多吨,产值300多万,种植户户均收入17300元。陈升根还积极帮助村民办起了熙垅种植合作社、白泉养羊专业合作社和海康农业发展有限公司，为村民致富提供了多种平台。

在打赢脱贫攻坚战、助推乡村振兴的过程中，陈升根深感扶贫帮困既要直接帮扶也要扶好志气。通过争取上级项目资金和产业支持，采取"帮智力、助财力"的精准扶贫办法，为贫困户送技术、送支持。同时鼓励村内的合作社为他们提供合适的就业岗位，逐步让他们能够自立自强。近几年来，40多户贫困户凭借勤劳肯干的精神，现在已经实现了脱贫致富。

作为市、县两级人大代表，陈升根始终坚持为老百姓做实事，做老百姓的代言人。履职期间，他多次提出，村级基础建设、返乡农民工就业等民生问题和韶井公路提质改造、印子山水库除险保安等。这些建议都分别被市、县两级党委、政府回复和落实。做到了"情为民所系，权为民所用，利为民所谋"。

竹冲村生机勃勃，村民们积极向上，民风越来越正，想干事、会干事、能干事的人越来越多。在陈升根和他的同事们、乡亲们的共同奋斗下，竹冲村解决了许多长期想解决而没有解决的难题，办成了许多过去想办而没有办成的大事。

爱，在陈升根和全村父老乡亲的心上共同生长着，有朝一日一定能长成参天大树。如何让这棵爱的大树健康成长？真还没有既定方针，我们真还只能"骑驴看唱本——走着瞧"。

爱向高处伸延

上文已把陈升根与全村父老水乳交融的爱喻作大树。人们常说，树有多高，根有多深，陈升根和全村父老这棵大树，它的发展空间如何？陈升根的回答仍是肯定的——头顶上的天空是无限的，脚下的土地是肥沃的、深不可测的。

本村一位村民在广东佛山一家木工厂工作15年。在工作中病倒，老板无任何理由将其辞退并分文不给，陈升根义愤填膺，即以人大代表的名义，两次自费上佛山，义正词严，为被辞退的村民要回了该给的20多万元补偿和部分医药费，有力地捍卫了公平正义。

本村一位村民在某大医院治疗时，由于院方误判，发生了医疗事故，院方拒不承担事故责任，陈升根又以人大代表的身份和科学根据向院方抗议申辩，使得院方心悦诚服地赔偿了事故给患者造成的损害，又一次捍卫了公平公正和法律的尊严。

陈升根的电话号码全村人都熟悉，村民们有要求，陈升根必应。他说：乡亲们找他无小事。的确，全村父老乡亲没有大事不登门，许多乡亲都把自己或别人能够解决的问题不来麻烦陈升根，他们知道陈升根太忙了，他们心疼陈升根。

陈升根常说：我们的乡亲太善良了，我们没有任何理由不为他们解除贫困痛苦、营造美好幸福而尽职尽责。他自担任村上主要负责人以来，除了一心扑在全村基础建设、脱贫攻坚、社会发展的工作之外，他每年都要自掏腰包为贫困学子、为贫病困难村民和其他公益事业伸出援手。有人给他做过粗略的统计，每年自掏腰包不少于20万元。

乡亲们说：陈升根，贴钱、贴时还贴心，世间难寻啊！

陈升根却认为：竹冲是生养我的地方，作为共产党员、人大代表，我有充分的理由为它的进步和富裕不遗余力。

陈升根多次被评为市、县优秀人大代表，多次被评为市、县优秀共产党员和优秀基层书记。竹冲村也多次获得省、市、县多种荣誉。陈升根还被评为湖南省劳动模范，获得五一劳动奖章。他从小学一年级直至高中毕业，都是班上的劳动委员，这也许是他与劳动称号必然而巧合的缘分吧。

陈升根很忙，他还有很多的事要做：农业、农村、农民"三农"的发展，让农民真正富起来，真正能抵御任何风险地富起来，路还很长很长。他要把对家乡、对父老乡亲朴实的热爱化作一个共产党人的更加高远的追求。

他恋着蓝天，爱着沃土。

湖南省湘潭县谭家山镇佐塘社区党支部书记兼主任　廖红霞

一片红霞一团火

百来个平米的简陋平房，中间还间隔出办公区。几条陈旧的沙发，算是给往来办事的群众一个栖息的去处。让人难以置信，这就是一个有 1325 户、4280 位居民的指挥部——谭家山镇佐塘社区。

廖红霞一身尘土、一身汗水跑了进来。她是从居民拆迁地赶回来的,看来这位佐塘社区党支部书记兼主任也是个事必躬亲的主。

佐塘社区所在地是原谭家山煤矿两个工区的产物,谭煤开矿60年,沉积下了许多悬而未决的问题。2015年底,谭家山煤矿宣布破产,留下了一个千疮百孔的烂摊子,地下纵横交错的出煤坑道衍生出每天都在沉降的地表层,层出不穷地产生新的危房,加上原矿区留下的各种垃圾,佐塘社区成了湘潭县的灾区,廖红霞就在这个"灾区"里"抗灾"。

一

佐塘社区的环境卫生是最邋遢的。经营60年,卫生死角从未清洗。谭煤留下的垃圾居然堆成了32个小山包,有数千吨之多。2016年初,刚当上县人大代表的廖红霞,便向县政府和县环境整治办提出了清理佐塘社区垃圾的建议和意见,在县政府的支持下,对谭煤矿区进行了一场声势浩大的环境大治理。卫生死角扫除了,30多个小山包似的数千吨垃圾得到了有效的清理。

终于,同样一片天地的佐塘社区,数十年后第一次出现了灿烂可人的容貌,再没有了旧模样。这可是廖红霞和参与清理垃圾工程的所有人半年的辛勤汗水和智慧换来的。从建议到立项,再到数千吨垃圾的化解和清除,对于谁都不是一个简单的工程。各种苦辣,廖红霞,体会最深。

二

谭煤消亡,留给佐塘社区的是原有每半小时一班的班车取消,原矿区的职工家属部分被县城消化了,留下了老弱病残及未进城购房的居民留守佐塘，出行问题成了大家一块心病。廖红霞向县人大、县政府、县交通运输局提出开通县城至谭家山佐塘公交车的建议和意见，为此，廖红霞多方奔走呼号。终于在2018年，县城开往谭家山镇的607公交车开通，涵盖了谭煤老矿区佐塘等地。早6时始，晚6时止，每20分钟一趟，方便了大家的出行。

三

有人把佐塘社区说成"麻烦社区"，那是一点都不为过的。它是湘潭县"麻烦"最多的社区，还是源于错综复杂的地下坑道或沉或降，整个社区的水管、电路经常出问题，危房接二连三地出现，危机四伏。

面对这危及四千多居民生活生存的诸多"麻烦"，廖红霞不厌其烦地"头疼医头，脚疼医脚"，虽然也有一定的效果，也得到了居民

2020年5月，廖红霞与谭家山镇煤矿生态修复项目指挥部成员及有关专家在现场考察

的认可，甚至居民们还把她当作"冬天里的一把火"，是护佑他们、给他们带来希望和安宁的"一片红霞"。

但廖红霞深知，这都不是解决问题的办法。他联合部分省、市、县人大代表，向省、市、县人民政府提出了全面改造佐塘社区等谭煤沉陷区的建议和意见，得到了省、市、县三级政府的积极支持，如今投资数亿全面治理谭煤沉陷区的项目正在实施中。为数万平方米危房拆迁和生态修复工程而一身尘土一身汗奔走的廖红霞走进了我们的视野中。

四

廖红霞说：我们佐塘社区的居民是最通情达理的最好的居民。佐塘社区的居民则告诉我们：廖红霞和她的同事们心中时刻装着我们的痛和痒，总是把我们的困难和诉求尽心尽力尽责地予以解决，她就是我们最亲的亲人。

在人居环境恶劣、交通极度不便、社区矛盾蜂拥而至的情况之下，佐塘社区没有人上访，没有人向政府发难。连续多年的民调显示：佐塘社区居民对政府的满意度，总是排在全县前列的。

人们总说：工作到家，廖红霞和她的同事们工作到家、关爱到家，用忠诚和善良，以责任和担当践行着最基层的一级党组织对人民的关爱，把党的温暖和人民的期盼相互传导。

五

在阴霾久驻的时候，我们盼望天边的红霞；在严寒冰封的时候，我们珍视传温导暖的一把火。

廖红霞，这个农民的女儿，总是把居民的冷暖记挂在心。曾经，社区干部到居民家里就被居民拦着出不来了。一是问题太多，二是有了问题得不到任何答复。廖红霞就不一样，大家都知道，红霞总是站在居民的正当利益和正当诉求的角度思考。在她的能力范围内能解决的问题，马上解决；不能解决的问题，请求上级政府帮助解决。敢于担当、乐于奉献、忠于职守，是廖红霞如霞如火的性格。因此，居民都是她的贴心人。

廖红霞在得到群众认可的同时，也得到了上级的认可，他多次被评为优秀共产党员、优秀人大代表，2017年还被市委组织部授予全市"百佳书记"的称号。

我们赞美红霞，我们赞美"冬天里的火"，是因为红霞的美丽、是因为火的温暖。

那一片红霞，那一团火啊！

湖南省湘潭县云湖桥镇石井铺村党总支委员　朱麦秋

秋天的记忆

关于秋，人们有许多许多记忆，其中有"落叶下长安""断肠人在天涯"类的凄凉和悲怆；而"我言秋日胜春朝""秋来硕果满枝头"的希冀和喜悦，却是诗情画意的美好。

一

2020年秋高气爽的一天，我们来到湘潭县云湖桥镇石井铺村，专程采访湘潭县人大代表、石井铺党总支委员朱麦秋，翻开了他的记忆。

二百年前，湖南花鼓戏刚从襁褓中走出，《蔡坤山犁田》便被搬上了舞台，并作为花鼓戏的传统剧目保留至今。故事取材于湘潭县云湖桥镇石井铺颜角组的传说：明正德皇帝朱厚照微服私访途中，在云湖桥石井铺颜角塘，时近晌午，腹中饥饿，恰逢蔡坤山在垄中犁田，蔡妻魏氏送来午饭，见正德饥饿，便分一半给其充饥，受到正德嘉奖，赠蔡坤山良田30亩。

在传说蔡坤山犁田的同一个地方，一百多年前，出了一个真实

2020年2月10日，朱麦秋慰问疫情一线的工作人员

的人物王闿运，字壬秋，他是晚清著名经济学家、文学家，曾为举人。任肃顺家庭教师。入曾国藩幕府，后主持成都尊经学院、南昌高等学堂，授翰林院检讨，加侍读衔。辛亥革命后任清史馆馆长。著有《湘绮楼诗集、文集、日记》《湘军志》《湘潭县志》等数十卷书稿，可谓著作等身。

王闿运一生弟子数千人，近代著名活动家、文豪杨度，世界文化名人齐白石，曾经都是他的学生。

无独有偶，传说中的蔡坤山与王闿运的故居前后不过数百米，朱麦秋就住在他们两处之间。

《蔡坤山犁田》与"王闿运发奋作为"的传说和故事，从小就注满了朱麦秋的耳畔，激励着朱麦秋的人生追求和努力。

二

朱麦秋出生在农业合作化的1955年，父亲是个基层干部，对党无限忠诚，1960年，在带领群众开荒造田时积劳成疾，丢下才5岁的朱麦秋娘俩，去了另外一个世界。

从此，朱麦秋与母亲相依为命，走到了今天。

朱麦秋也从物质生活艰苦的岁月走出，当过乡镇秘书，做过企业办负责人，当过农电站长，他也下海与人办过水厂，办过电杆厂，因为经营得当，也有了可观的经济收入。

2020年，朱麦秋被乡亲们选上湘潭县第十三届人大代表，间歇一届后，他又连续担任湘潭县人大第十五届、第十六届代表。在人大代表履职中，他从不含糊。

三

朱麦秋说：人大就是一棵树，代表就是树下的根和须，在人民的土壤里吸收营养和水分。

在朱麦秋家里，有一个"人民群众意见办理本"，上面记载了群众反映的问题，并记载了办理、处理意见。其中有危房要求修复的意见，有垃圾无地方填埋的意见，有改厕中质量不佳、漏水，得重新修复的意见。朱麦秋将群众的这些意见及时向政府和有关职能部门报告，并得到了满意或很满意的解决结果。

原来，朱麦秋的家里设了个县代表小组联系联络点，每个星期他都有一天"群众接待日"，对群众的诉求和意见，朱麦秋坚持毫无保留地向上级反映报告，让人人这棵树根深叶茂。

四

朱麦秋还说"人大代表就是奉献"，人民群众投给你一票，都是对你信任的一票，也是让你担负责任并无私奉献的一票。

朱麦秋还说："人大代表，是人民给的荣誉，是代表人民的职责。你不奉献，代表便当不好。"

从2002年当县代表至今，朱麦秋为支助各种公益事业，扶贫济困、支残助学的各种捐助，据不完全统计，也在五六十万元之上。

他有难必帮，有困必扶。本组修村道，集资后还少6千元，朱麦秋补上；扶贫助残，朱麦秋共计捐出3万多元；村里搞美丽屋场建设，朱麦秋垫了30万元……

朱麦秋出生在艰难的岁月，他凭着智慧和吃苦耐劳获得了改革开放的红利，富起来了。但他仍旧保持着艰苦奋斗、勤俭节约的政治本色，从不奢侈、从不浪费、从不显摆，但对群众的疾苦和困难、对公益事业却从来都是出手大方，毫不吝啬。

朱麦秋从骨子里表现出一个共产党员、一个人民代表执着的追求。因为朱麦秋的记忆里镌刻着两个字：人民！人民过上向往的美好生活，是我们的追求！

秋天的记忆是美好的，也是美丽的，秋天的记忆是收获的记忆，是富足的记忆。

两百年前的蔡坤山犁田的传说，一百多年前王闿运的故事，他们的传说和故事自然亮丽了石井铺的土地。而与之同在一个屋檐下的朱麦秋——一个平凡的人物，以他的奉献、追求给他脚下的土地和他的父老乡亲留下更直接、更久远的记忆。

湖南省湘潭县射埠镇党委委员、镇人大主席　刘　蔚

关于桥和桥的故事

一

2016年秋末的一天，刘蔚走访镇人大代表，去了涓水东岸，在流河潭渡口，听到了群众的呼声：流河潭渡口要能改建座桥就好了，

两岸数千人来往，各种工业品、农资和农产品进出，那就方便了。

说者无心，因为修座大桥对于这个地方来说是要花巨资的，谁能投这个资，天方夜谭，吐吐热气罢了。

听者有意，刘蔚把这事记下来了。

还有一次，刘蔚去谷石渡口旁的一个村调研，村里的同志闲聊时说：假如能在谷石渡口修座桥，那可是得益当下、惠及子孙的好事。

刘蔚又将这事记在心里。

后来，她组织镇、县、市人大代表对两处渡口修桥的设想进行了深入的视察调研，并将射埠镇市、县代表小组集体的智慧第一时间报告了镇党委，向县人大递交了流河潭、谷石两渡口改桥的建议。

县人大和县政府对射埠镇人大代表提交的修建渡改桥的建议非常重视，县人大常委会主任唐剑恒领着刘蔚去县交通、水利等职能部门要项目，县长段伟长亲自协调部署、高位推进。

流河潭渡口改桥、谷石渡口改桥列入了2018年的重点建设项目。

紧接着的桥梁选址、水文勘测、征收拆迁，刘蔚和代表小组的同志全程参与，直到流河潭桥和谷石桥破土动工，直到大桥竣工，即将通车的今天，刘蔚和代表小组仍在为桥上的路灯和两桥桥头的道路交通安全设施完善付诸努力。

功夫不负有心人，历时三年，分别投资1600万、1200万的两座大桥横跨涓水东西两岸，老百姓千年的祈盼变成了现实。钢筋、水泥的桥梁承载着两岸社会经济文化发展的使命，连着老百姓致富奔小康的心。

二

"金络青骢白玉鞍，长鞭紫陌野游盘。朝驱东道尘恒灭，暮到河源日未阑。汗血每随边地苦，蹄伤不惮陇阴寒。君能一饮长城窟，为报天山行路难。"1978年10月出生在渭水岸边的刘蔚，是个属马的女孩。有人说属马的孩子喜爱奔跑，锐意进取，勇往直前。她那雷厉风行、说干就干的直爽个性，和那股迎难而上、顽强拼搏的泼辣劲儿，真还有些马的特性，她同学同事还真有说她是"小马驹"的。

2000年，刘蔚大学毕业后便一直在县城机关工作。做过办公室收发文件、上传下达的基础工作，更多的时间是奋斗在易俗河镇的宣传、统战、组织委员和纪委书记的岗位上，对人大工作也并不会太陌生。她说：那就是建设一座党委、政府与人民群众联系的桥梁，传递党的温暖、反映群众的诉求。

担任射埠镇人大主席以来，她从一名公道正派的组工干部转型成为一名务实为民的人大工作者，带领全镇人大代表和驻镇市、县人大代表坚持"监督与支持"相统一的原则，围绕代表建议开展专题询问和测评，从政治经济发展需要进行视察、评议，围绕法定程序进行审查和批复，准确把握监督与支持的尺度，不断提高人大工作质量和实效，形成了对政府工作的有力推助。她明白，镇人大工作的基本任务就是发挥基层国家权力机关作用，加强人民当家做主制度保障，把握依法治国实践，实现、维护、发展最广大人民根本利益。

2020年5月，刘蔚主持射埠镇民生票决制工作推进会

2018年，在防范和化解金融风险、部分PPP项目被压缩的大环境下，渡桥建设项目列入暂缓、待建。刘蔚发挥"小马驹"拼劲，多次积极与县政府相关部门衔接协调，凭借扎实的调研、辛苦的付出、执着的追求，渡改桥项目得到了县人大、县政府相关部门的高度重视和支持，得以被保留下来，重新列入在建项目名单。同时，她带领镇人大主席团和市、县人大代表小组主动作为，在射埠涓水二桥（流河潭渡桥）、射埠涓水三桥（谷石渡桥）的建设前、中、后期主动调研、视察建议并主动督查建设质量、进度，以及对后期大桥的配套设施的落实作出了建设性的贡献。

刘蔚还带领镇人大主席团和她所在市、县人大代表小组为重点工程800千伏变电站、德怀大道以及农村综合服务平台建设进行了认真的调研和视察，为政府对这些工程的科学决策和有序运行提供了有力有利的根据。

镇党委和政府对人大的支持与监督给予了极高的评价,说刘蔚和驻镇的市、县人大代表们领跑着射埠镇政治经济的发展,为党和政府与人民群众之间架设了一座既承载负重又快速畅通的桥梁。

三

一块块砖筑牢了两座渡桥,一颗颗为民初心牵挂着射埠百姓。刘蔚和她所在的射埠镇人大主席团及市、县人大代表小组是怎样架设起党和政府与人民群众之间的"连心桥"?

连心桥靠代表主动接待群众来筑牢。刘蔚首先开设了微信工作群,搭建了镇人大与代表、代表与代表、代表与选民之间交流的良性平台。她又以人大代表工作室为中心,向村组辐射,在条件成熟的人大代表家中挂牌"优秀代表之家",在23个村级工作站统一制作制度牌、代表信息公示栏等,主动将全镇市、县、镇代表联系方式按选区对外公布,实现了联系服务群众的"零距离"。每月15日代表接待日,安排人大代表定时定点坐班接待群众,面对面听取群众的意见和建议,帮助群众排忧解难。也正是通过代表接待,当地群众关于二桥、三桥桥面安装路灯、桥头减速带等诉求,在县人大常委会主任唐剑恒的亲切关怀下,正以闭会期间的建议形式提出,目前建议正在办理当中。2019年3月11日,湖南省人大常委会联工委调研组来潭调研,射埠镇人大"双联"工作成效获得了上级领导的肯定。同年,射埠镇人大代表工作室被湘潭市人大常委会评为了"2019年度湘潭市优秀人大代表工作室"。老百姓各种诉求、意见都能得到及时的答复和解决,让每个人大代表都成了一座桥,密

2018年，刘蔚视察流河潭渡改桥项目初期建设情况

切了党、政府与群众的关系。

连心桥靠代表密切联系群众来筑牢。"联系一名县级人大代表、在人大代表工作室接待一次人民群众、帮扶一名困难群众、为群众办一件实事、向代表小组汇报一次履职情况"，2018年湘潭市人大开展双联"五个一"活动以来，刘蔚和她所在的湘潭市人大湘潭县第七小组全体代表认真履职，努力做到"民有所呼、我有所应"。为帮助射埠镇百水村黄塘组建档立卡贫困户何应湘脱贫致富，刘蔚联合市代表陆枫多次走访了解实际情况，在征求何应湘及其家人同意支持后，介绍何应湘到长沙颐尔康按摩学校系统学习盲人按摩技术，考取从业资格证书，并承担其在学习期间产生的学习、生活等相关费用，让何应湘没有顾虑地投入到学习充电中，为他后续择业、就业打下了坚实基础。以心换心，以心贴心，人大代表将帮助扶贫

对象走上脱贫致富的道路真正放在心尖上。

连心桥还离不开人大代表的无私奉献。在抗击新冠肺炎疫情期间，刘蔚及射埠镇人大主席团通过微信群和美篇向人大代表发起了募捐倡议，汇聚了代表们的爱心，凝聚了抗击疫情的信心。通过多方筹集，以最快速度将口罩、医用酒精、84消毒液等防疫物资，送到了防疫一线的射埠镇中心卫生院和湘潭县人民医院，确保将爱心捐赠落实到疫情防控最需要的地方。同时，人大代表们志愿取消春节假期，有的自制流动宣传车做好政策宣讲；有的深入村组组织全面消毒和卫生清扫；有的联系防疫物资供销来源；有的发动人民群众积极配合，利用不同行业、不同岗位的优势，积极投身到疫情防控和应急响应保障工作中去。

《湘潭日报》在报道湘潭市人大建立乡镇人大工作室、村人大代表接待群众工作站收到实效时，《"小诉求"获"大回应"》报道中介绍说："射埠镇的人大代表联系人民群众工作室，是我市众多代表工作室（站）中成效发挥最显著的一个。该镇的人大代表工作室位于农村综合服务平台二楼，这间面积五十多平方米的工作室，成了人民群众与人大代表面对面交流的'温暖之窗'，在这里，群众的'小诉求'都获得了'大回应'。"

四

"为官一任，造福一方。"刘蔚带领着射埠镇人大代表为当地发展积极建言献策，每个人大代表都成了一座桥，桥路相连，路桥相通。

刘蔚在射埠镇人大主席，市、县人大代表的岗位上任劳任怨，履职尽责，行事有思路有方法，工作有实绩有效果，多次被评为市、县优秀人大代表，市、县人大优秀代表小组长、优秀共产党员和优岗。但她并不满足，她知道，随着时代的飞速发展，对人大工作的要求也会越来越高，如何适应时代的发展而能与时俱进，加强学习是唯一的途径。

她刻苦地钻研马克思主义哲学、政治经济学，研读习近平同志的治国理念和方略，吃透关于人大工作的基础性和深度性的理论书籍和政策法规。她不放弃每一次的学习、调研、视察，理论联系实际地为自己充电，以新颁布的《湖南省乡镇人民代表大会工作条例》为圭臬，始终把廉洁自律、勤政为民作为自己的政治操守和政治品格，继续用实际行动书写"人民选我当代表、我当代表为人民"的铮铮誓言，为党和政府与人民群众的紧密联系架设更加坚不可摧的桥梁！

蓝天下，涓水旁，一匹骏马在奋蹄迅跑。

湖南省湘潭县花石镇龙潭村湘莲种植专业户　赵秋云

龙潭村里种莲人

一

湘莲，名闻遐迩，走进了全国各地人们的餐桌上，还去到了九州外国的东南亚各地。品尝着用湘莲制作的各种美味的食品，人们也许根本不了解种莲人的辛劳与艰苦。

从"小荷才露尖尖角"到"接天莲叶无穷碧，映日荷花别样红"，那是多么诗意的耕耘，何等浪漫的收获？怎么能与辛劳艰苦挂上钩？！

"谁知盘中餐，粒粒皆辛苦。"诗人李绅这行诗词作了最恰当的注脚和回答。在湘莲之乡的花石镇龙潭村，一位种植湘莲近40年的莲农赵秋云用他半辈子的辛酸苦辣，作出了立体的更有说服力的解答。

那，真不是风花雪月，那真没有浪漫的诗意。

二

那还是改革开放的春风吹遍华夏大地的时候，市场经济从长期的计划经济里破茧而出。湘潭县首次冒出了让某新闻媒体报道的《十万莲农下梦云》，那是公元1982年，湘潭县有数以万计的莲农去了洞庭湖南北种植湘莲。某媒体报道的十万莲农，的确是有充足水分的夸张——以一当十的。

赵秋云就是这"以一当十"中的一员。那时，他刚满15岁。初中毕业便辍学挑起家庭生活的重担。既是挑重担，去洞庭湖区承包大面积土地种植湘莲是当时湘莲之乡的莲农最佳的选择。湘潭田少人多，人平一亩左右田土，根本无法施展。

赵秋云和一众家乡父老来到湖北洪湖国营大沙湖农场，承包了数百亩低洼田。从种莲种藕、中耕除草施肥，风里雨里，一个春夏过去，产量不错，价格不菲。

赵秋云赚到了第一桶金。

三

1983年，继续，并扩种面积。年底湘莲市场价格降了两倍，皆因为种植面积翻倍，市场需求下滑。赵秋云和他的同伴们一赚一亏，回到了原点，两年白干了。

好在大部分产品没有卖出去，也暂停了种植，两年后，湘莲市场回暖。赵秋云又获取了高额利息。

赵秋云就是在这种摇摆不定的湘莲市场环境下，在众多不确定因素的左右中，艰难地、不离不弃地从事着湘莲的种植。

1996年，赵秋云个人在汨罗黄盖湖农场种植的170亩莲田让水给淹了，一年的投入、劳作全打了水漂。

接着，赵秋云又在汨罗国营屈原农场承包了3000亩莲田，一干数年，亦步亦趋。

赵秋云考察新的湘莲生产基地

四

赵秋云在种植湘莲的路上，也曾赚过数桶金，却也曾因水灾、旱灾、市场输得精光，他回到了出发的地方。好运、歹运随他而行。他曾放弃种植，去云南开煤矿，去长沙搞建筑，但都是短期的，他无法割舍种植湘莲的情愫。

近几年，他承包流转土地5000多亩，攸县的2000多亩又让水淹了。今年，他又在祁阳的观音滩、茅竹流转土地种植了3000多亩，在醴陵种植了2800多亩，由于他自己的科学管理，更由于党和政府的惠农政策到位，赵秋云平步青云，再也没有了输得精光的悲怆。

五

赵秋云是湘潭县第十六届人大代表，是大规模种植湘莲的唯一莲农代表。他对湘莲产业情有独钟，他多次给各级政府提出湘莲种植的建议和意见，为湘莲产业的可持续性发展贡献了宝贵经验。他说：湘莲种植的问题，仍旧是三农问题，我们要在不断的探索中走出瓶颈，路还很长，不能也不可能一蹴而就。

湘莲蓬勃向上，荷花如火炬、如火焰燃烧热情，朝着天空、朝着太阳昂首挺胸，而骨子里、莲肉中的那枚再造生命的绿芯却始终朝着泥土。

赵秋云这枚绿色的生命是属于泥土里的，他将永远为泥土代言，让美丽的生命温暖人间。

湖南省湘潭市农产品女经纪人协会会长　彭水平

"嫁"不出"农家"的女儿

她很忙。与她联系数次，因为忙，无法接受我的采访。

A曰：与省驻潭人大代表小组活动，去隐山之下的双联村义务收摘竹根辣椒；

B曰：省妇联某副主席来潭调研，要听她的意见；

C曰：参加省某单位组织的某专题考察去郴州、永州等地；

…………

预约数次后的一天，我们终于在湘潭县排头乡苍冲村湘潭县春静水稻种植专业合作社——她的总部采访了她。她真忙。

一

她是这个合作社的发起人，她的合作社77个股东种植10000多亩水稻，她又是湘潭市农产品女经纪人协会会长。别小看这个协会，也是个有700多会员的单位。她还是省、县人大代表，代表的各种视察、调研等各种活动都得参加，不忙才怪呢。

她叫彭水平，一个1976年出生在排头苍冲的女孩。她说自己：是嫁不出去的女孩。因为：她创办春静水稻种植合作社就是在娘家开始的，合作社的总部也一直设在娘家。

二

彭水平毕业于湘潭电大教育管理专业，1995年参加工作，在一个民办学校任教，后来还当上了副校长。

一次，她去老家招收学生，村里的干部跟她半开玩笑半认真地说：第一要感谢你，让家乡的子弟学到了专业知识；第二要埋怨你，你让他们学到了专业知识，就不回来，田没人种了。

就这个认真的玩笑，让彭水平纠结了半年。她也目睹了家乡上好的粮田，因为无人耕种，抛荒了。她经过许多个辗转反侧地不眠之夜后，终于决定：辞职，回家种田去。

2010年春节刚过，彭水平辞职回到了苍冲娘家，当年，她便流

彭水平在韶山冲种植的旅游观光水稻

转的土地400亩。她不是学农的,对种植水稻也是大姑娘上花轿头一回,一概的农事及其管理是一张白纸。

她拜老农民、老技师为师,找到水稻种植和田间管理的相关书籍仔细研读,她还对照书本与实践的过程,及老农、老技师们的经验,找到种植规律。她还经常带个笔记本在田间地头记录水稻生长的情况。

彭水平知道,从辞职那天起,她就没有退路了。只能成功,不能失败。

又是个"功夫不负有心人",从来没认真种过一坵田的彭水平,首战告捷,400亩水稻获得了丰收。

2012年,彭水平种植的水稻面积翻了几番,达到了1760多亩。2014年又在前面种植面积的基础上又翻了四番,达到了8000亩,现在彭水平的春静水稻种植专业合作社的水稻种植面积已经超过了

10000亩。今年，彭水平在韶山冲里核心景区种植的1000多亩稻田里，种植出"为人民服务"的巨幅字画，成为景区里一道美丽的风景，惹得五湖四海的游客赞不绝口，纷纷拍照留念。

一路走来，彭水平不只是一帆风顺。2013年，湖南干旱，彭水平种植的水稻正在扬花掉穗，1200亩稻田绝收。每亩损失1950元，一年亏损300多万元，其他未绝收的稻田也严重减产，同时，没有保险，搞水稻种植只能自身造血。年底了，要给流转户付土地补贴费，要给从事的农业工人们付工资。彭水平求爷爷告奶奶地向银行贷款130万，将全部费用付出后，自己只剩下了六七元钱。

晚上，她躺在床上，泪流满面。她同样明白：没有退路，只能殊死一搏！她越挫越勇，便有了今天的故事。

这些年，彭水平还带动周边350名种植大户共同发展，先后有4个乡镇19个村共4000农户加入到合作社，合作社服务的面积达40000多亩。

彭水平不忙，谁能相信？

三

其实如果仅只有春静水稻种植专业合作社那摊事，彭水平真还不算忙。她的另一个身份：湘潭市农产品女经纪人协会会长，也让她忙得不亦乐乎。

所谓农产品经纪，就是介绍农产品卖出去的市场，拓开当地农产品走向外面世界的途径。市妇联成立这么一个协会，将700多会员联系在一起，互通情报、互通渠道，的确是件别出心裁的智慧之举。

让彭水平这位省人大代表、省"三八红旗手"来担纲负责这个协会，当然是再合适不过的事情。因此，彭水平有了第二个家，湘潭县易俗河镇金松二路上的湘潭市农产品女经纪人协会的会员之家。一年到头，她除了在10000多亩的田间地头转之外，还有这两个家的连轴转。

也许有人还有疑问，这经纪人是怎么当的呢？就说一件事吧——这是2020年3月11日《今日女报》的一篇报道，题目是《湘潭这里农产品滞销，她一声呼吁，7天完成"一个亿目标"》，报道说：湘潭老铁生态农庄是给酒店供货的，年前囤了腊肉、牛肉、猪舌等一大批加工过的干货，价值一个亿。疫情来了，酒店生意归零，老铁生态囤集的干货无法卖出去。彭水平和她的会员们立即行动，联系全国四百多个经销商帮忙销售，又在省、市妇联的牵线搭桥帮助下开展团购，短短一个多星期，这一个亿的干货便落实了销售。

彭水平的协会，还联系着27个农产品生产基地，她帮助基地

育秧覆膜

复工复产、援助抗疫做了大量的工作。

彭水平的会员都知道——她很忙。

四

一个合作社，一个协会，都是彭水平的家，她也把它们当作家经营，尽心、尽力、尽责。

彭水平其实还有一个"家"，她是省、县人大代表，她把人大当作家一样地热爱着，在履职中她仍然是尽心尽力尽责。

彭水平积极为"三农"发声，先后向省市人大提出了《关于优化农村创业环境，实施吸引人才回乡的建议》和《关于发挥农村能人示范引领的作用》的建议，吸引了更多能人回乡带领农民致富奔小康。

彭水平还根据农村水利的现状，提出了《加快农田基础设施建设，助推现代农业发展的建议》，得到了省农委的高度重视，在今年的全省粮食生产系列文件中，都将基础设施建设放在首位。针对基层法庭人员少、案件多等问题，提出了《关于确定法院员额法官数量不应仅仅以结案为标准的建议》，促使高院不再单纯以结案数为标准配备基层法官。

彭水平提交的《关于乡村振兴新型经营主体配套设施用地的建议》，促使省自然资源厅出台相关文件时，明确了新型经营主体配套设施用地只需在当地自然资源部门备案，并补充增加了"在整治中要确认用地中图标一致"的条款，让7000多名新型经营业主取得了设施建设用地手续。

针对农业产业发展中"融资难融资贵"的问题，彭水平提出了《关于加快湖南农担体系建设推动农业产业化发展的建议》《关于优化对新型农业经营主体贷款贴息的建议》，推动金融部门简化了申请手续，缩短了放款时间，50万元以内的贷款可直接由所在区域农担公司办事处审批，而不要再跑到长沙审批。

彭水平还提出了《发展高速出入口经济圈，助力乡村振兴》的建议，她说要加强高速公路出入口沿线的配套基础设施建设，给予政策倾斜，优化营商环境。

彭水平忙，她操着更多人的心，忙了小家忙大家。她是忙不完的。

忙，成就了彭水平，她获评"全国种粮大户""湖南省致富女能手""湖南省三八红旗手"。

湖南北马峰农业产业园公司董事长、总经理　胡孝阳

天马山的传奇

很久很久以前，有一匹天马，在太空中肆无忌惮地行走，连玉皇大帝的呼唤也当耳旁风。玉皇动怒，派托塔李天王将天马逐下凡间，变成无法行走的马形的山，人们便叫它天马山。

还是很久很久以前，天马山不服玉皇大帝的惩罚，与距离不足

30公里的南岳衡山比长高，南岳衡山每天只长得三寸，天马山每天却长得三尺。天马山不把南岳衡山放在眼里，任性疯长得欲刺破青天。玉皇知道了，大怒，命雷公临凡，将天马山打得再也不能长了。

天马山的这个传说还没有完，因头朝着衡山，尾朝着湘潭，人们又说：马吃衡山草，肥了湘潭人。

一

传说总归是传说，不可信以为真的。

已经是公元1980年代，马吃衡山草，没肥湘潭人。生活在天马屁股之下的湖南湘潭县花石天马山村，按说这是个产肥的地方，却仍然穷得叮当响。

一个叫胡孝阳的小孩，在湘潭县四中才读得一学期，便因为家里贫困、生计难继而辍学，去学泥工。学徒管饭，还可以为今后谋生找到出路，这当然是穷途没（末）路者最好的化解和选择。

这是1986年，19岁的胡孝阳跟着乡里的工程队，来到了郴州，虽然住的是简陋的工棚，却有明亮的电灯，他白天跟师傅在工地上做泥工，晚上就在工棚里发奋地读建筑方面的工具书。他很满足此时的学徒和学习的环境。有件事让他刻骨铭心，在湘潭县四中读书时，为了省伙食费，他只能走读，每天往返15公里，都是早起晚归，晚上做作业看书，父亲都不肯因为看书做作业用煤油灯，家里穷得煤油都买不起，还负了一屁股债。因此，他特别珍惜这个能读书的环境和能学本领的机会，他读书和学泥工技术特别勤奋。仅仅三年，他不但早早出了师，还被评为五级师傅的技术职称。有的出了师的泥工，干了五六年都很难获得技术职称，却让他在整三年的时间里拿下来了。

正当大家羡慕甚至嫉妒胡孝阳时，胡孝阳却悄然离开了工程队。他发现：靠他做泥工赚的钱，还清家里的债务和解除贫困，非等到猴年马月不可。他要寻觅一条能充分展现自己个性的新的生财之道。

胡孝阳揣着27元钱到了长沙，做起了小菜生意。这是1989年的春天。胡孝阳看准了岳麓山下湖南师范大学旁的蔬菜小市场，他决定就当个小菜贩。

他在这里经历了"从奴隶到将军"的艰难蜕变。

湖师大的蔬菜小市场与胡孝阳每天的进货渠道马王堆蔬菜批发市场，一个在长沙西，一个在长沙东，中间距离十多公里。胡孝阳每天夜里3时便起床，踩着单车去马王堆批发市场进货。心大的胡孝阳总是将两个大菜筐装得满满的，单车不堪重负，只能推着前行。

胡孝阳迎接县委书记傅国平一行来示范园视察

骑单车本只有一个多小时便能回到出发点，胡孝阳却要推两个多小时才能赶到。尽管如此，胡孝阳也总是最早进入菜场的菜贩。由于他进的菜比别人多，自然是菜场里最后离开者。

一天晚饭时间，湖南师范大学食堂采购员因食堂食材不够，紧急出来买菜，与闭市后还在卖菜的胡孝阳相遇。对方被他的勤奋和诚实感动，从此，胡孝阳便成了湖师大食堂的长期供货商。他以自己的正直善良和从不掺假、从不短斤少两的信誉，获得了其他几所大学食堂的青睐，也让胡孝阳成了他们食堂的固定供应商。

二

胡孝阳的业务应接不暇，他赶快召来自家兄弟帮忙。业务越做越大，胡孝阳的经验也越来越丰富。他总结了一句口头禅：谁把顾客当成上帝服侍，谁就能成为顾客的座上宾。

1994年，全国高校后勤开始推行市场化。胡孝阳依靠多年服务高校的经验与人脉和敏锐的眼光，第一时间成立并注册了餐饮公司。首先，他服务的对象是长沙十余家高校，后来又成了有40000员工的蓝思科技的后勤供应商。

仍是以一丝不苟、认真负责的服务，胡孝阳赢得服务对象的认可和信任。胡孝阳的餐饮公司风生水起，成了长沙河西一道亮丽的餐饮和后勤保障的风景线。

公司的业务量呈几何的数量攀升，胡孝阳陆续把在农村的哥哥、姐姐、嫂嫂、姐夫们都邀进了公司，共同打造公司的发展和斑斓的人生。

随着全社会对绿色无污染、无公害的食品的追求，以及市场的需要，胡孝阳和兄姐们商量着如何继续提升菜品的质量，回报助力公司发展壮大的高校食堂和企业。商量来，商量去，大家决定建立一个属于自己的粮油鱼肉蔬菜生产基地。

一开始，大家准备将基地建在离长沙市相邻的一个县，以便利运输和管理，并与对方达成了意向。

10万人一日三餐的吃，的确不是一个简单的事，胡孝阳要让自己这10万人的服务对象吃上真正意义上的无污染、无公害的绿色食品，建个生产基地，是最好的选择。

2016年冬，正当胡孝阳实施在长沙市区邻县建设生产基地的时候，老家湘潭花石天马山村的老支书找上门来，力邀胡孝阳回家看看。

回家看看就回家看看。胡孝阳1986年离开家乡，30年了，他也曾多次回家，那都是来也匆匆去也匆匆地走马观花，他说走就走，认真地回家看看来了。

三

胡孝阳回来了，村上、镇里、县里的领导也紧接着来了。胡孝阳衣锦还乡？如此高规格的接待，在胡孝阳的印象中，这是唯一的第一次。

老支书带队，带着胡孝阳和镇、县领导看长到禾田里的竹林，看荒草比人还高的荒田。

胡孝阳明白了：老支书和镇、县领导是让他回乡创业，把生产基地建在天马山村。

胡孝阳要在长沙周边建生产基地的消息早已传到家乡。家乡党

市、县领导在示范园视察

政领导对胡孝阳一个字：盼！盼望胡孝阳回家创业，带领天马山村的父老乡亲脱贫、致富奔小康。

望着一双双祈盼的眼睛，胡孝阳心在颤动。而望着那一片片荒芜的土地，胡孝阳心里在流血。正是像他这样一些生于斯长于斯的儿女，因为家乡贫困而被迫背井离乡，去外面世界寻找生路、打拼不再贫困的人生，而让家乡的土地荒芜，少了生机而多了苍凉。——胡孝阳检讨着自己。

但是，若要让他在天马山建立生产基地，无疑要让他的产品增加很多成本。运输成本，由长沙邻县的40公里，改成至家乡的120多公里，按每天需求货物计算，运输成本就要增加3000元，一年下来，便是百万元。

尤其让胡孝阳纠结的是天马山村的基础设施建设落后得近乎原

始，没有一条进山的好路，水利、电路建设基本停留在30年前，甚至还比30年前落后，大片的土地还要彻底垦荒。这个成本何其大，明白人一看便明白，那不是几千万能解决的问题。

账要这么算下去，天马山村荒芜、贫穷，那就只能继续，贫困人口要脱贫，那也只能是纸上谈兵的天方夜谭。

胡孝阳豁出去了，源于对家乡、对父老乡亲的感情和自己义不容辞的责任。他邀请哥哥胡国凡、胡玉春，嫂子龙鸽飞投资，共同为家乡的发展投资，两位兄长和嫂子都认为有责任和义务让家乡好起来、让乡亲富起来，每人都愿意为家乡创业投资。

四

2020年的冬天，我们来到胡孝阳的湖南北马峰农业科技发展有限公司和他的天马现代农业示范园。冬日的山冲田园仍是一片葱茏，加宽并硬化了的公路延伸至天马山村的每一个角落，疏浚并硬化了的沟渠荡漾着清清的涟漪。红薯加工厂两组加工机器与操作的工人正在忙碌着生产。在一个半山腰的牛场里，膘肥体壮的数百条黄菜牛聚居在舒适的环境里。

这几年，胡孝阳都干了些什么？他都是怎么干的？我们想打破沙锅问到底。

胡孝阳告诉我们：当时，就因为看不得家乡的苍凉破败、看不得乡亲们穷，才毅然决然把自家的餐饮公司交给儿子管理，毅然决然地回乡创业来了。

湖南北马峰农业科技发展公司是2016年冬注册的。胡孝阳那时还只是在想在家乡土地上建一个为自家餐饮公司生产原材料的绿色生产基地。后来，他发现天马山村和周边几个村建档立卡的贫困人口数字大得惊人，2017年便成立了天马现代农业示范园，以产业扶贫带动本村和相邻周边村的贫困人群脱贫。

为了这一切的实现，胡孝阳和两个哥哥、一个嫂子几年来投入他们多年办公司的全部积蓄。两个亿用在修路、疏浚沟渠、垦荒，为改造的土壤补肥，置办农业机械和红薯粉加工厂及其设备，他还注资300来万修了四座桥，将高功率的变压器安装到天马山村。胡孝阳和他的两位老兄和一位嫂子可以说是花了血本。

在工作中，胡孝阳也是花了血本的。公司和园区的各项大事难事，胡孝阳必在现场指挥。一次，妻子和儿媳妇从长沙来看他，婆媳俩见胡孝阳晒得黑不溜秋，差点都没认得出来。婆媳俩伤心得抱头痛哭。

胡孝阳投入的血本没有白投入，他的数百亩蔬菜基地，他的3000亩红薯基地，他的数百亩水面的养虾、养青蛙基地，他的

胡孝阳在北马峰农业示范园向中共湘潭县委书记傅国平汇报园区情况

9000亩山林和牛场，无不透出勃勃生机。他的红薯粉厂生产的无添加剂的绿色粉条，早已走进了大都市的餐桌。他和他的乡亲们的收入达到了8000多万元。

胡孝阳的心血没有白费，他的天马山村的建档立卡贫困户的乡亲依托他的产业全部脱了贫，他的留守在家的老乡亲、残疾乡亲也都能在他的公司里拿到了丰厚的工资，天马山村在致富奔小康的路上前行。而且，天马山村周边的七个村也在胡孝阳的产业带动下，走出了贫困，走向富裕。

农业、农村、农民这个让党中央长期关切的"三农"问题，让胡孝阳找到了根本解决的方略，他为农业的可持续性发展探索出一条新的路子。在湘潭市，有10个农业示范园，有9个是由政府项目资金投入和扶助的。仅胡孝阳的天马农业示范园是个人投资经营的，也是经营得最成功的。

胡孝阳有句口头禅："我是天马山村的崽（儿子），我要为天马山村尽忠效力，做一个孝顺的崽（儿子）。"他表里如一，言行一致，以自己张扬着的青春活力履行着儿子的责任和担当。

现在胡孝阳又铆足了勇气和信心，要为乡亲们的致富奔小康，要为家乡的更加美好续写天马山的新的传奇。

湖南省湘潭县乌石镇乌石峰村党总支书记　贺　师

乌石峰下一个兵

在彭德怀元帅故居的乌石峰下，有一个当过兵的男孩，就因为他当过兵的理由，以他兵的性格、兵的韧劲、兵的胆魄，耕耘着乌石峰下的土地，追求着彭总故乡人民对幸福生活的追求。他叫贺师，解放军某部退役军人，乌石峰村党总支书记，湘潭县人大代表。

一

有人说：当过兵的人，一生便有了兵的情结、兵的情怀、兵的热爱。

贺师18岁从军，在云南的边防部队服役三年，2013年冬，他带着党证和人民军队的光荣，退伍回到了家乡。他有一句口头禅：我是一个兵！他要像一个战士那样为家乡的富裕、人民的幸福冲锋向前。

他就是要活成个兵样。2014年初，从部队回乡不到一年的贺师被全村乡亲们选上村主任。当时，贺师没有丝毫基层干部的经验，对村上和村上的工作也不熟悉，从韶山退休回乡的老乡镇书记和村上的老主任告诉他，谁天生都不会当村干部，只要用心便行。本来还担心自己工作做不好有负乡亲们期望的贺师，听老书记、老主任这么一说，信心十足地走马上任了。他跟自己说：我就应该是个带头冲锋的兵嘛！

贺师上任了，面对仍有土地在荒芜、仍有贫穷在困扰、仍有基本建设在滞后的村里落后的环境和乡亲们的困和难，贺师仍是一头雾水。虽然，他也勇敢探索过乌石峰村发展的路，他也努力实践过为老百姓治穷的相关项目，但是收效甚微。

全村就几个老化的变压器，老百姓用电不管多少瓦都是个红颜色，学生晚上都无法做作业，谁家要开个空调、用个电锯什么的，保准跳闸。贺师向上级建议，找职能部门，路虽然跑大了些，但最终还是让12个变压器在村里安了家。电充足了，也有人回村来办厂兴业了。

原来的乌石峰村，除了一条县道穿村，入组进户就几条窄小的砂石机耕道。贺师又是东奔西走，求爷爷告奶奶的，感动了上级职能部门，硬化了进户入组的村道路。

乡亲们都感激贺师做好了他们想都不敢想的事，在贺师看来这都不是事。

二

就像冲锋没有武器，就像杀敌没有目标，一个战士，光凭勇敢是不行的。

贺师纠结着：怎样才能走出困境？怎样才能改变依旧的落后？

2016年初，贺师被选上了湘潭县人大代表，不久又被全村党员和乌石镇党委推上了乌石村党总支书记的岗位。沉重的担子压在这

2020年，外地客人来村进行乡村旅游交流

个24岁的年轻人的仍旧稚嫩的肩膀上。

  他也曾心急乱投医。流转100亩土地种毛豆。因为天气的缘故和品种与乌石峰村的土壤不搭，100亩毛豆全部霉烂了，亏损了20来万元，支、村两委每人赔偿1万多元，他说："谁让你是干部，吃亏的事你得带头。"

  他也曾心急喝上热豆腐。跑去浙江义乌学制作绢花、风车的小工艺产品，这玩意成本不高，容易上手。结果，村里做出来的绢花、风车推销不出去。不是质量不好，是没有市场，又得到失败的教训。

  有了这两次失败的教训，贺师该收手了吧？

  遇到困难，有了失败，就不前进了？这不是一个战士的性格，当然也不是贺师的脾性。他认真地总结了急于求成而没有科学地了解和把握市场的失败的根本原因，吸取了教训。

  贺师也说：向市场经济的师傅学习，交点学费是正常的。关键是要在以后的工作中成倍成倍地将学费赚回来。

  贺师在深思熟虑着。有一天，灵感奔来，他居然有了一个重大的发现。

三

  俗话说："不识庐山真面目，只缘身在此山中。"贺师的重大发现，就是在乌石峰下的乌石峰村自身。

  贺师真让自己的发现惊愕了。

  近几年来，4A级的彭德怀纪念馆景区正在不断完善景区建设，创建全国5A级红色旅游景区。

  乌石峰村紧依全国爱国主义教育基地——彭德怀元帅的故居和

2020年，外地客人来村进行乡村旅游交流

彭德怀纪念馆景区，村内山清水秀，地域开阔，依托景区，进行爱国教育，吸引青少年学生研学以及游客休闲，是个得天独厚的处所。

　　贺师把这个发现和想法跟支村两委和全村共产党员、村民小组长一商量，大家都觉得是一件切实可行并极具商业潜力的好事，既延伸了景区，又给来景区参观学习的各类人群更大的学习、休闲的空间。贺师将这个设想，最后定格为建立"研学旅游劳动教育实践基地"，并将这个计划报告镇政府和彭德怀纪念馆，还向县人大提交了建议，得到了各方的大力支持，湘潭县教育局、文体旅游局和康辉旅游公司伸出了援手。

　　贺师还利用其项目争取到县交通运输局的支持，将6公里村道分别扩宽为4米、5米、6米，让大型旅游车辆方便进出。

贺师挑选了一百多家有条件的农户作为接待研学、旅游的学生和客人的研学、农事劳动实践和就餐的场地，请上级卫生部门按时对接待户进行严格的身体健康检查和食品卫生知识的培训，还请农技、教育等部门进行相关知识规范的培训。

　　去年一年来，乌石峰村"研学旅游劳动教育和实践基地"得到了全国各地一些高校和本市中小学的青睐，研学旅游的学生和客人络绎不绝，接待量近4万人，让原生态的气息与现代新农村的味道传递到天南地北。

　　贺师说，要用更加积极的态度和更加努力的行动，完善研学旅游劳动教育实践基地的建设，开发更加广阔、更加耐人寻味的境界。

　　贺师曾是人民军队的战士，他说"在帮助父老乡亲追求幸福的路上，我永远是一个兵，勇往直前是我的永远追求！"

　　我们深信不疑，这个兵一定会走得更好。

湖南省湘潭县杨嘉桥镇金凤村党总支书记　刘国安

金凤朝阳绘蓝图

采访刘国安，我自然想到了中国传统的吉祥图案："丹凤朝阳"。那是贤才赶上好时机的一种比喻。

刘国安是何许人物？湘潭县人大代表，湘潭县杨嘉桥镇金凤村党总支书记，湘潭著名企业家，三种身份就让这个金凤村土生土长的穷孩子一人独占。

乡亲们告诉我：金凤也朝阳。

如今的金凤村，在刘国安的带领下越来越美丽，越来越安宁，人民越来越幸福。

刘国安说：我的名字告诉我，国泰民才安。要说贤才，该是我们全村的共产党员、村组干部和我的父老乡亲，他们听党的话、跟党走，才有金凤的今天。

一条大河波浪宽

金秋时节，我们驱车来到金凤村，这是一个涟水投入湘江怀抱前的一个去处。涟水波翻浪涌，堤垸内的金凤村一片金黄，秋风吹来，夹带着稻谷的芳香，令人心旷神怡。这就是安宁、吉祥、美丽的金凤。

然而，谁会想到，三年前六七月份的金凤村经历了一场空前的劫难。

2017年6月初以来，湘潭地区和涟水上游的娄底，涓水上游的衡山，湘江上游的株洲、衡阳、永州连降暴雨，湘江下游及洞庭湖区水位抬高，涟水河水位超过1949年以来同期历史最高水位，金凤村所在的涟水河堤随时都有决堤的危险，每一次水位线的上涨，都牵动金凤村每个人的心弦。刘国安带领全村共产党员和群众日夜巡查在大堤上。

从6月30日开始，新一轮暴雨来袭。涟水河金凤堤段出现了一个大管涌。如不及时修好子堤，大堤随时可能坍塌。防汛迫在眉睫，时不我待。刘国安运筹帷幄，立刻组织全村群众实施救急预案。还有，

2017年7月初,抢险期间,刘国安陪同县领导察看大堤抢险现场

在外务工的群众,他们在管涌出现前,刘国安一声号令,便风风火火赶回,参加保卫家园的战斗。平时全村青壮年在家的不到100人,一下子陡增四五百人。人多力量大,刘国安带领500多青壮年的队伍,奋战七天七夜,终于修起一座70多米长的子堤。

刘国安没顾及多天未合眼的身体,带领大家又用早已准备好的沙袋、卵石堵住了几处小管涌。

大堤保住了,堤内几万人的生命财产、数万亩扬花吐穗的稻田保住了。一场团结奋斗的人民战争,以全胜的战果结束了。

刘国安并没有轻松。这场抗洪抢险的场面和灾情可能酿成严重的后果,让他轻松不了。那几个月,他深思熟虑,酝酿着改造大堤的设想。

一个构想梦成真

2017年金桂飘香的时节,刘国安将自己认真调研、反复斟酌的一个建议向县人大提出，那就是杨嘉桥镇涟水堤防加固的建议。这条建议里，刘国安实事求是地指出：杨嘉桥镇的堤防是整个涟水全线最薄弱的堤防，也是最危险的地段，一旦大堤坍塌，将危及全镇和石潭、河口两镇部分村组共约五六万群众的生命财产安全。县人大、县政府对刘国安等县人大代表提交的建议非常重视。

2018年春回大地的时候，涟水大堤杨嘉桥段加固总投资1900万元的第一期工程动工了，工程总长度2.4公里，其中金凤村1.6公里。

2020年，涟水大堤杨嘉桥段的第二期工程也动工了。这期工程总长4公里，其中金凤村210米，预计总投资2000万元。

目前，涟水堤防杨嘉桥段两期工程都竣工在即，大堤的安全隐患得到了基本根治，再有2017年一类超历史的洪水甚至更大的洪水来袭，大堤也将安然无恙了。

刘国安紧锁的眉头舒展了。他一纸建议让涟水大堤杨嘉桥段一个重生的、彻底的改造，让他的父老乡亲、他的祖祖辈辈百年梦想终于变成了现实。大家感激刘国安，刘国安却说：这是一个人大代表、一个共产党人最基本的责任和义务，人大代表、共产党人就是要代表人民的根本利益，要时刻以人民为中心，全心全意为人民服务。

一个理想绘蓝图

刘国安在外办了一家油脂公司、一个催化剂厂，是一个有追求、有理想的企业家。他生在金凤、长在金凤，对家乡父老有着一腔深情，当他的企业有了相应起色时，他千方百计招收家乡的贫困人员做企业员工；当家乡的公益事业、扶贫助残、帮教助学需要他伸出援手时，他义无反顾慷慨奉献。

刘国安生长在红旗下，从小就热爱共产党，他梦想着加入共产党，成为党的人。他积极向村委支部递交了入党申请书，经过党组织的培养、教育、考察，经上级党委批准，2005年7月1日，刘国安在家乡金凤村，当着支部的全体党员，向党旗庄严宣誓，终于成了党的人。

2011年，又是一个春意盎然的日子，刘国安高票当选金凤村党支部书记。

当时，刘国安真还没有思想准备，一是自己一直在外搞企业，没有当过一天村干部，没有村里工作的经验，担心工作做不好，愧对党员和群众的信任和期望；二是自己有的两家企业，工作压力大，都交给妻子管理，又担心她一个女人的肩膀承受不了。

然而，一个共产党人的责任，党员群众的信任，促使他接下了这副担子。他把企业管理的重担交给了妻子，能干而通情达理的妻子甩了一句话给他：你放心好了，你认真地去把乡亲们的领头当好就行了。

刘国安这个领头人可不是怎么好当的。村上当时还负了几十万元的债，而村上没有企业，没有任何经济来源，且村上的基础设施建设仍是一张白纸，他这个支部书记，就是带头冲锋陷阵的角色。

刘国安他豁出去了。金凤村的烂泥路是金凤发展、乡亲们出行的最大障碍。刘国安把争取硬化金凤村乡村道路的建议递到了县人大，在他的努力下，金凤村硬化了20公里村道，全村家家户户让硬化了的平坦的公路串通了。这又是金凤人从来不敢奢望的啊。

刘国安豁出去了。金凤村全村穿行着的用电线路是高标准的，却因为全村仅一个变压器，乡亲们用电经常遇到100瓦的灯泡，只有5瓦灯泡的光亮，谁家打个米、用个电锯、开个空调都经常跳闸。刘国安又一纸建议提交县人大，得到了县人大、县政府和其下属职能部门的高度重视，给金凤村加了六台变压器，彻底解决了金凤村村民长期用电难的问题。这又是乡亲们没能想到的事。

刘国安豁出去了。金凤村土地肥沃，农田基本平整，具备高标准农田建设的基础。刘国安又是东奔西走，争取到国家高标准农田建设项目资金300万元，金凤的农田得到了全新的改造，乡亲们种田有了更多的丰收的保障。这还是乡亲们梦想不到的奇迹。

乡亲们没有忘记刘国安上任村支部书记后一年的一件事，那是2012年七八月间，久旱无雨，专靠列雁金河灌溉的金凤村，头一次遇到列雁金河干涸的残酷现实。金凤村刚插的晚稻面临旱魔的威胁。当时村里账上不但无钱，还有大额的赤字。刘国安自掏腰包，花10万余元买了6台大功率的潜水泵，安装在涟水河里，解了全村乡亲的燃眉之急，夺得了少有的大丰收。乡亲们怎会忘记刘国安的恩德呢？！

乡亲们说：感谢党培养了刘国安这样全心全意为人民服务的好党员、好书记。感谢人大培养了刘国安这样心揣人民的好代表！

金凤腾飞了。一幅比《丹凤朝阳》更加吉祥、更加美丽的画图在金凤的土地上升腾，这是社会主义新农村的美丽画卷，这是刘国安和他的同事、和全体乡亲共同绘就的。刘国安这位贤才赶上了改革发展的好时机，他英雄有用武之地。

湖南省湘潭县分水乡虎形山村党总支部书记 **姜建强**

虎形山下拓荒人

湖南湘潭县西南分水乡有个虎形山村，2016年由原三个村合并为虎形山村。既然叫虎形山村，肯定有座虎形山吧。其实没有，倒是有座形状似猫的山，千百年来，人们都是叫它猫形山。因为虎与猫同属猫科动物，还因为一个人，便有了今天虎形山的传奇。

一

他是姜建强，1963年9月出生，湘潭县分水人，中共党员，14岁参加工作，公务员。

1988年，改革开放的春风正暖，姜建强辞职下海经商，第一批享受了党政干部停薪留职的红利。

他用四台大车跑深圳、珠海，做生猪长途贩运。4年，第一桶金：28万。

他创办一家玻璃厂，入股一家玻璃厂，至20世纪初撤股，净赚700余万元。

他是1980年代的"数万元户"，1990年代的"数十万元户"，2000年代的"数百万元户"。改革开放给了他巨额的红利。

同时，市场经济的大潮还让他获得了在大学课堂里得不到的知识、教训和经验。

他没有因商海里的诱惑而忘记了一个共产党人的责任担当和义务。

就在姜建强下海经商刚三年时，县农机修造厂因经营不善，200多个工人发不出工资，几十个退休工人拿不到退休金，工人们集体上访县政府，县领导请他去救火。姜建强二话不说，走马上任。

他用现代管理的手段，大刀阔斧地改革，让个奄奄一息的县办企业起死回生。工人们不但能拿到工资了，还有奖金拿，退休工人也能拿到足额的退休金了。

工厂进入了良性循环的轨道。姜建强辞去了厂长职务，依旧回到了他熟悉的商海。

2020年3月，姜建强陪市人大党组书记、常务副主任李江南视察凤星菜园

"共产党员时刻听从党召唤。"当"留薪停职"的政策按下暂停令的第一时间，姜建强回到了他的岗位。2012年7月，已经36年工龄的姜建强，还因糖尿病的拖累，正式办理了提前退休的手续。他是个闲不得的人，晚年的日子怎么打发？新的传奇敲响了开场锣鼓。

二

姜建强与在农商银行退休的妻子回到了生养他的土地——分水乡豪头村。"少小离家老大回"，他是深深眷恋着这方热土的。他是吃着这里的红薯、喝着这里的山泉长大的。

虽然，这里还很穷。为了过上好日子的青壮年，抛弃落后的农业，进城务工了。留下老人、孩子和极少数的青壮年守着田原，艰难地耕种着"一亩三分地"，许多土地都开始荒芜了。

"归去来兮，田原将芜胡不归"，魏晋大文豪陶渊明从远古发出的呼唤，拴住了姜建强的心，他回来了。

与豪头村紧依在一起的一个村，叫虎形村。这个村就是因为有座猫形山而得名。这时候的虎形村跟相邻的豪头村、双凤冲村一样，像一只病猫，提不起精神，水塘、水库、渠道年久失修，照明也经常跳闸停电。至于乡村道路，只有一条县道穿村而过，原虎形村、双凤冲村只有一条村级主干道路，原豪头60年来未曾修过。这里就像一个被现代文明遗忘的地方。

姜建强为之心疼，他与老人们促膝相谈，了解乡亲们的向往和诉求；他与村上的同志提出改变落后面貌的意见和建议；他也自掏腰包为村上的基础设施建设无私奉献。

2014年初，豪头村与虎形村合村，两村党员群众推选和上级党委任命姜建强为村党总支书记。

姜建强带领乡亲们开始了向往的征程。

3公里的村道修筑并硬化了。

1200米的水渠疏浚并得到了硬化。

5000米的输电线路增容改造完成，并增加14台变压器。

姜建强一炮打响，新农村建设的步伐铿锵，不再是神话。

三

2016年，又是一个春天，虎形山村与双凤村合并。至此，虎形山村已是有8.2平方公里面积、4472人的大村了，134名中共党员，分设四个党支部，姜建强担任党总支书记。

姜建强又是大动作：全村修建29公里标准村道，实现了全村组组通、户户通的格局。乡亲们再也不要为"行路难"发愁了。

全村硬化水渠4000米，硬化山塘42口，消灭了全村干旱死角，于大旱三年也能保障水稻生产的正常用水。

全村打造了三个"美丽屋场"，以点示范带动全村美丽乡村建设的步伐，让父老乡亲的生活环境更加美丽，从美丽中获得更多的幸福和红利。

为了让贫困的人口早脱贫，为了让本地的资源能发挥积极的效用，为了集体经济的发展壮大，姜建强使出了年轻时经商的浑身解数，办起了好几个企业。

"清泉生态养殖场"，以养鱼、养鸡、养牛为业，已取得了良好的经济效益。

"虎形山扶贫车间"，以生产灯饰及佛珠手串等工艺产品为主。

疫情期间，给贫困户和扶贫车间送口罩

吸收了本村及邻村共117人就业，其中特意安排了共九户贫困户、低保户、残疾户进车间就业，每年"扶贫车间"发出的劳务工资便有200多万元。

"虎形山供销惠农有限公司"，既安排了贫困户就业，还给25户没有劳动力的贫困户每年分红共计3.3万元。

"凤星有机茶园有限公司"，生产并注册了商标"三都牌"，先期开发了150亩，后期将共开发500亩，可安置300乡亲就业。

姜建强为虎形山的美丽幸福乡村建设的一揽子工程，让虎形山发生了前所未有的巨变。从不出名的虎形山，在外面的世界里小有名气了。"路漫漫其修远兮"，姜建强常常用屈子《离骚》中的这句诗提醒自己。

四

姜建强根据虎形山村田少人多、多数村民小组长外出务工，组长形同虚设的现象，创新村级管理模式，撤销53个村民小组，全村设15个片，片长由村委会聘用，任期两年。效果良好，原来53个人做的工作，现在由15个人做，既减少了不必要的人力，又提高了工作效率和责任感，得到了上级的关注和全村群众的称赞，《湘潭日报》还进行了专题报道。

姜建强是市"十佳书记"、劳模、县人大代表，他把人大履职作为自己工作的重要组成部分，除积极参加县人大组织的视察、调研之外，几年来，他还写出了质量高、分量足的50余篇建议，得到上级领导机关的重视。他的百分之九十以上的建议都落到实处。

姜建强是退休干部，他回乡以来，为村上的基本建设、捐资助学、救助孤寡等捐助了数十万元，他还将自己担任村党总支书记的工资大部分捐给了村上。他是虎形山村贡献最大的义工。他准备将湘潭城里的五幢房子留一幢给女儿外，四幢全都处理了，为村上和公益事业作贡献。不久前，姜建强把这个想法告诉女儿。女儿非常赞成父亲的想法，她说：父亲留一幢房子给女儿作纪念就行了。

  姜建强就是以这样的胸怀，这样的奉献，履行一个普通党员、一个党总支书记、一个人大代表的职责。

  他谱写出一部当代山冲里的传奇，一部新时代的山乡巨变。

湖南省湘潭县易俗河镇中心学校校长　邓新辉

追赶太阳

太阳，朝升暮降，循环往复。总是以它的光辉，播撒热情、普照大地；以它的执着抚慰万物、温暖人间。

在湖南湘潭县，有一个满腔热情追赶太阳的人。她孜孜不倦地接受太阳的光辉，又毫不吝啬、毫无保留地奉献给她脚下的土地、她的事业、她的孩子们。她有一个意味深长的名字：新辉。也许是地道的农民父母给她取名时就寄予了无限的希望。

湘潭县易俗河镇中心学校校长，湘潭县人大第十三届、第十四届、第十五届、第十六届人大代表，湘潭县人大教育科学文化卫生委员会兼职委员邓新辉，她的同事、她的学生都说她是追赶太阳的人。

一

她执着、智慧，把满腔的爱都奉献给了学生、老师，献给了党的教育事业。

她的简历是：1971年10月出生，中共党员，易俗河镇中心学校校长，大学本科文凭，中学数学高级教师。1989年从湘潭师范毕业，从事小学教育工作27年，在管理岗位上工作18年，2001年起担任花石中心小学校长，2006年8月，调入易俗河镇百花学校任校长。2013年初担任易俗河镇中心学校校长，同年6月兼任天易金霞学校校长。现为湘潭县数学学科带头人，市、县教育学会会员，湖南省小学校长专业委员会理事。

她带领她曾所在单位的教职员工，用青春和汗水、追求和奉献，实现了历史性的超越与嬗变：三所学校均得到迅速发展，学校面貌快速改观，教师队伍素质得到整体提升，教学质量名列全县前茅。在这每一期间，她都获得了肯定和荣誉——被授予"全国优秀教师""全国五一劳动奖章""省先进工作者""省劳动模范""县十大杰出青年""县域精神十佳实践者""湘潭县十大新闻人物""湘潭县优秀人大代表""优秀共产党员"，还曾光荣当选湖南省党代表。

在邓新辉面前，鲜花和荣誉总是接踵而至，她的心思却永远不是终点，永远没有停步的那一天。她不断地开拓创新，自己所有工作过的学校成为了"教师学习成才的幸福家园、学生全面发展的和谐乐园"。"让老师们诗意地工作、发展；让学生们幸福愉快地学习、成长"始终是她的不懈追求！

二

邓新辉曾先后担任了三所学校的校长和管校长的校长——易俗河镇中心学校校长。

花石中心小学，位于偏远的花石镇，在邓新辉担任校长的五年时间内，由原本破旧不堪的学校，改造成初具规模、各项基础建设达标的湘潭县域第二大小学，是湘潭县农村中心小学的一面旗帜。

邓新辉本以为可以轻松下来了。县教育局一纸调令，派她到县城的百花小学担任校长。百花小学是整个湘潭市师生人数最多

2020年，参加县人大代表评议县教育局工作座谈会

的小学，位于长株潭两型社会试验区的重要位置，教师158名，学生达3166人。虽说是县城最大的小学，但邓新辉走马上任的头一天，看到的是简陋的校园，感受不到任何美感。整体基色犹如水泥的灰色调；教学北楼墙壁又脏又烂；老师们开会没有一个像样的会议室，人多的时候，还得让一些人在室外听会；三千多名师生的学校连一个运动场都没有，孩子们无处做操、无场地锻炼。办学条件严重滞后！

学校发展资金短缺，还背负着50万元的债。那时，的确是一个沉重的包袱，压在邓新辉肩上，让她举步维艰。

邓新辉没有畏缩。煎熬了不知多少个不眠之夜，走过了不知多少坎坷的路，不知多少次拜访过政府领导，不知走访了多少户社区居民。凭着她一心一意的执着，凭着她处理各种关系的智慧，在短短的3年时间内，学校发展赢得了政府的支持、得到了群众的理解。学校终于实现了跨越式的发展，学校面貌发生了巨大的变化。

教学北楼装修一新，内操场平整光洁，大礼堂庄严大气，田径运动场平坦宽阔，宽带改为了光纤，校园花红叶绿，教学楼、宿舍楼、田径场、游泳池，布局合理、错落有致，成为了名副其实的"百花园"。

为了学校的发展，邓新辉殚精竭虑，倾注了自己全部的心血。2008年暑假和2009年暑假，漫长的四个月中，她竟然没有正式休息一天。那时，教学楼北楼正在装修，学校大礼堂装修即将竣工；学校运动场围墙正在建设；全体教师正在进行暑期培训。这一切的事，事无巨细，都离不开邓新辉。她像发电的马达一样转个不停，废寝忘食更像家常便饭一样与她相伴。当别人提醒她就是机器也需要检修时，她笑着说：没事，我是不用检修的机器。同事中有人给她算了算——邓新辉利用暑假为学校做的这几件大事，别人也许需要做3年，而她4个月就完成了。

在2009年度考核的民主评议中，全校158名教职工对邓新辉的评价（无记名投票）全部都是"优秀"。这是多么的难能可贵的投票。邓新辉以她自身的品格、学识、魄力与奉献征服了每个教职员工。

三

邓新辉在花石完小担任校长5年，让全县一个上档次、上规模的著名完小诞生。她受命去易俗河镇百花小学担任校长，奋战八年，她将一个教学教育环境非常糟糕的学校打造成规模和档次都排在全县第一的品牌名校。

刚把百花小学的工作做到最佳，2013年初，又一纸调令，邓新辉被任命为易俗河镇中心学校校长，承担起管校长的校长的重任。

易俗河镇中心学校管辖着百花、山塘、烟塘、赵家洲、天易金霞等十余所小学和几所镇级中学（后来又增加了天易水竹学校、子敬学校、天易贵竹学校），几乎占了全县小学生和教师人数的半壁江山。她肩上的责任和担子更重了。

邓新辉接手易俗河镇中心学校不到一年，那时已是2013年7月上旬，离开学只有一个多月了，新建的天易金霞学校因校长人选迟迟未能定下来，邓新辉向教育局主动请缨，由自己兼任天易金霞小学校长。

很多人担心：又是中心学校，又是天易金霞新校，邓新辉非压垮不可。当时的天易金霞学校虽然全盘建设都是同步运行，一次到位，而装修的扫尾在进行，图书馆、办公室、教室、食堂的各种配

子敬小学开学接受有关领导视察

备及各处调来的教职工的培训和分工、招生等工作,千头万绪,没有一桩是省心的。

邓新辉硬是凭着自己霸得蛮、舍得死的韧劲和多年工作的经验顺利开学了。她将天易金霞小学的教职工和校领导班子扶上马、送一程。一年后,新任校长到位,她才卸下了肩上的这个兼职。

勇于担当、不畏艰苦,是邓新辉长期养成的精神境界。有人说她是"铁娘子",有人说她是"拼命三郎"。她说:人就是应该有点精神,当党和人民的事业需要的时候,便要走得出、拉得动、冲得上。

四

邓新辉是教育专家,但她从不以专家自居,不好高、不骛远,从不放弃与时俱进的学习和努力。邓新辉从教和管理教育教学31年了,她总是在不断地总结或是成功或是失败的经验和教训。她说:"搞教育是绝忌盲目的大理想和不合时宜的大目标和大话高调。教育管理是实实在在的、来不得半点虚伪的事业。"

管理是分层次的,高水平的管理是文化的管理、心灵的管理,是互动的、使全体师生共同成长的核心管理。邓新辉把核心管理上升到学校管理的至高境界。她的追求却永无止境,她不断学习反思,有多篇学校管理经验论文发表在《湖南教育》等教育报刊上。

邓新辉具有良好的政治素养,具备较高的理论政策水平。她用忠诚和敬业支撑着一片蔚蓝的天空,在平凡的工作岗位上敬业实干,锐意创新。她扎实地学习关注政治时事新闻、教育管理先进理念、法律法规知识,具有敏锐的、准确的政治鉴别力和决策能力。作为省党代表、县人大代表,她刚正不阿、敢讲真话,为教育发展积极谏言献策,积极参与职能部门考核听证、行风评议等社会活动,为党和政府的工作出谋划策,为全面反映人民群众的诉求做了大量的工作。

邓新辉以先进的教育管理理念、科学的发展战略以及精湛的业务素质、非凡的感召力,与她的同事们一道,让她所经营的每一所学校都具有厚重的内涵,顺理成章地成为了湘潭县乃至湘潭市质量一流的学校。花石小学翻天覆地的变化,百花小学的茁壮发展,天易金霞学校的一气呵成,在很大程度上就是因为这几所学校先后有这样一位张扬教育激情、办好人民满意学校为人生追求的好校长。

现在,易俗河镇中心学校已经成为代表质量优良的教育教学上规模的全市全省的金字品牌,百花、赵家洲、烟塘、山塘、天易金霞、天易贵竹、天易水竹、子敬，一个个亭亭玉立，天天向上。

如何让这一个个品牌和道道风景更具价值？邓新辉深知：教学与科研是学校管理的生命线。她身先士卒，积极参与学校的校本教研，深入课堂听课、参加评课、集体备课、专题研讨。培养教师在思考中前进，在研究中成长。促进教师专业成长，"磨砺"精彩课堂。一批又一批青年教师整体素质顺利提高，崭露头角，良好的教研氛围已全面形成，一批名师在邓新辉的帮助下走出。

邓新辉帮出的一个"徒弟"在自己的博文中说：在我每次赛课前，师父都多次听我上课，每次她都是最认真的听众。记得我第一次试教"乘法的认识"时，师父记下来我上课的每一环节，每一环节用的时间；记下了每一句评价语言；记下了我的每一探究分析过程；记下了我的每一个细微动作和表情；记下了学生互动的情况……第二次赛课、第三次赛课，师父都如约而至。课后师父给我评课时，不仅在理论上进行指导，更是在具体的课中与我反复研讨。每一个环节，每一句评价语言都细心琢磨，甚至一个随手擦黑板的动作都耐心地一一指出来。在师父的评课中，我感受到了她思想的灵动、教学的智慧，让我受益匪浅。

当看到青年老师有成长困惑时，邓新辉会及时帮助；当看到中年老师有放松情绪时，邓新辉会真心鼓励；当看到老年教师身体欠佳时，邓新辉会真情问候。她所在之处的学校都是师生温馨的家庭、幸福的港湾。

五

人的精力是有限的。邓新辉却用她的行为证明——激情成就经典。她是教师们的榜样，她用自己最美的姿势跑出了领航者的速度。

邓新辉是湘潭县第十三届、第十四届、第十五届、第十六届人大代表，是湘潭县人大资历最久的代表，也是贡献最大的代表之一。

在人大履职中，她坚持把每一件事做好、做精甚至创新。

在调研多、领导听意见多的人大工作中，邓新辉坚持因地制宜、实事求是的思考。特别是对教育教学的调研，邓新辉坚持独立思考，给县委、县政府提出了许多合理性的建议和意见，为县委领导推助教育的发展提供了科学决策的依据。譬如，邓新辉根据县城的扩容，农民进城买房，进城农民子女就学难的问题，建议县委、政府支持天易金霞的建设，扩大烟塘、山塘、赵家洲等学校的提质，并新建天易水竹、子敬、天易贵竹。她还对云龙、凤凰、县一中、九中和云龙教育集团等县城学校的发展，提出了很多具有建设性、前瞻性的建议和意见，有力地促进了县城教育的飞速发展。

易俗河镇中心学校管理1100多名教师的教育教学，管理着11000多名中小学生和8000多名幼儿的学习和健康成长，对于全县的教育教学，举足轻重。邓新辉深知肩上担子的分量。她不敢有一丝懈怠。她用人大履职的平台，全方位地为她麾下教育的进步和繁荣尽心尽责尽力，迎来了县城教育灿烂的春天。

写完这篇文字，黎明来临，彩霞簇拥着一轮红日的升腾。我欣然看见那闪烁着金子颜色的新辉。

湖南省湘潭县荷味食品有限公司总经理　何伟红

荷的味道

一

公元 2020 年 3 月 1 日，湖北黄冈，湖南驰援黄冈医疗队驻地，一辆载重 27 吨的红色大货车停了下来，这车上装满了湖南省湘菜促进会捐给家乡援鄂白衣天使的各种湘菜湘味。其中,湘潭县荷味食品有限公司捐献的预制菜"外婆菜""鸡汁脆笋"格外抢眼。

还在湖南医疗队出发驰援湖北黄冈疫区的时候,湘潭县人大代表、湘潭县荷味食品有限公司总经理何伟红就在担心着:"他们在湖北吃得习惯吗?湘楚的胃口能容纳下荆楚的风味吗?想不想家乡的菜呀?"

何伟红思考着给远在黄冈的家乡医疗队捐献自家生产的独具湖南风味特色的菜品。但这菜怎么送,送到什么地方?何伟红一头雾水。

正这时,湖南省湘菜促进会开展"湘情湘菜送乡亲"的活动。以湘菜援捐助援医疗队,何伟红闻讯后,立即准备。

"泡椒鱼皮"是荷味食品的主打菜,是湖南人特别钟爱的一种产品,可"泡椒鱼皮"需要低温冷藏,还不宜加热烹饪,对于抗疫前线的医疗队员是不太适宜食用的。况且,当下气温低,冷食也不是合适的。

何伟红认真挑选,最后确定"外婆菜""鸡汁脆笋"两种预制菜品出援黄冈。他抬手一挥,5万多元的产品便捐去了黄冈。抗疫前线的来自三湘四水的白衣天使吃到了家乡的菜品,他们吃出了荷的味道——与家乡心连(莲)着心的味道。

二

还是在疫情期间。湘潭县荷味食品公司的驻地河口镇河口村的村民都知道:是何伟红将公司准备复工时发给工人的几千只口罩,无偿地捐献给了村民,而当时的口罩不但紧缺,而且涨价至4.5元一只。

村民们还知道：是何伟红发现消毒液、艾条、酒精等一系列防疫物资开始紧缺，他联系外地朋友购进了这一类防疫物资捐给了河口村。

何伟红还通过河口镇人大、镇商会给湖北重疫区捐赠现金。整个疫情期间，加上捐献黄冈的菜品，他捐献各种物资和现金共计达10万余元。

在河口，在荷味食品公司，这里不是抗疫的主战场。但何伟红以他的善良、以他的担当，与全国亿万人民一道共同构筑了抗击新冠肺炎疫情的一道美丽而波澜壮阔的风景。

和衷共济，和谐发展，是何伟红的高尚的理想。乡亲们分明又品味出"荷"的味道。

三

何伟红本是湘潭县农村的穷孩子。他1977年出生，因为家里穷，初中没读完就去了湘潭市雨湖打工学徒。16岁起便开个小店修起了摩托车，后来见修摩托车不如做厨师强，便又开始学厨师，厨师学成之后，便开始在"大中华"酒楼做厨师。

一路风雨，苦辣甜酸，何伟红成长起来了。他发现，根据湖南人的口味特色，办一个为宾馆、酒店预制菜品加工厂，是一条社会需要、市场前景可观的生财之道。何伟红萌生了办厂的想法。

有想法就干。2002年，何伟红将几年打工的积蓄拿出来，再找亲朋好友凑一些，他的预制菜品食品厂就准备运营了。这食品厂叫什么名呢，他姓何，与"荷""和"谐音，荷是荷花的荷，和是和

疫情期间，何伟红准备发往捐助湖北的物资

气生财的和——就叫荷味食品厂，既含蓄也顺畅。全称便是雨湖荷味食品厂。

荷味粉墨登场，它牵着市场经济的"牛鼻子"，吊着湘潭人、湖南人的胃口，就该有一场威武雄壮的话剧演起来，——红霞万朵，灿烂绚丽。

四

正当何伟红的荷味食品厂如日中天的时候，何伟红明显感觉到压抑，挤在熙春路一个角落的厂部已没有任何发展的空间；而且真正原生态的菜品也不在城里而是在乡村。他决定从哪来还是回哪去。

2013年，何伟红在家乡湘潭天易示范区杨河工业园（湘潭县河口镇河口村）征地30亩，开始了"湘潭县荷味食品有限公司整体的建设"。

2016年，何伟红投入8000多万，集公司车间、办公楼于一体的湘潭县荷味食品有限公司正式挂牌开工了。

同年，何伟红被家乡父老选上了湘潭县人大代表。他感觉到肩上的责任更重了。

何伟红在公司安置了农民工165人，实现年利税100万元左右，公司到目前没有银行和民间借贷。荷味公司生产的30来种预制配菜走向了大江南北的20多个省、市的市场，成为五湖四海的各族群众，特别是天南地北的湖南人餐桌上绿色放心的美味佳肴。

荷的味道，天下扬名。

五

作为私营企业家，何伟红的确繁忙。作为县人大代表，他在履职中坚持企业再忙也不落单。县人大的各种会议和活动，他从不缺席；代表小组的各种调研和视察，他从不请假。每年，他都要主动地围绕县域和镇上的社会经济发展及民生问题，作出认真的调查研究，每年他都要写出几件有质量有见地的建议意见，为上级职能部门提供解决这些问题的办法。

何伟红是企业的人大代表。他常说：作为人大代表的企业家，责任更大，既要带头为经济建设作贡献，也要为人大的履职尽心尽力，还要为公益事业、扶贫济困作出无私奉献。

乡亲们说：何伟光当人大代表、当企业家一个最大的特点就是认真。

何伟红也说过一句经典式的话："当代表与当企业家一样，不能半点虚假，来虚假的，不管你多雄厚的企业，都要回到解放前。当代表你来虚假的，就是对人民犯罪，人民最终是要唾弃你的。"

又是荷的味道，凝聚着荷的魂魄的味道。

湖南省湘潭县易俗河镇砚井社区党总支书记兼主任　郭秋连

砚井磨墨写忠诚

我与本文主人公郭秋连，十数年前便相识。她热情的外表下，储存着常人难以具备的认真、善良。许多年来，偶尔相见相遇，也停留在"你好""你好"礼貌的搭讪中，但我对她有着极深的印象。

郭秋连的公开身份是湘潭县易俗河镇砚井社区中共党总支书

记、主任，湘潭县人大第十五届、第十六届代表，并兼职县人大财政经济委员会委员。1964年7月出生，生肖龙。

2020年8月，一个南风有雨的日子，我们在砚井社区办公室采访了郭秋连。

一

2012年的春天，似乎比往常来得早一些，毛风细雨强调春天的讯息。郭秋连当选砚井社区主任。同时，镇党委任命她为砚井社区党总支书记。

郭秋连出生在一个有兄弟姐妹七人的大家庭，她排行第五。在那风雨如磐的艰苦岁月，父母能将他们七姊妹拉扯成人，于当下简直就是个奇迹。

高中毕业后，她去湘潭县航运公司工作，并在砂石管理处任过党支部书记。2003年县航运公司改制被改掉了。下岗后的郭秋连在潭城出租车公司从事财务工作。2006年，被聘为易俗河镇砚井社区文秘，后升任支委、办公室主任。2009年，任砚井社区党支部书记。

十来年摸爬滚打，辛酸苦辣，郭秋连终于媳妇磨成了婆，终于可以喘口气歇一歇了？回答是否定的。况且，这也并不是郭秋连的个性和追求。

那时砚井社区的状况也容不得谁来过安稳的日子。砚井社区面积2平方公里、居民9037户、2万多人口，分布在27个小区，是全县所有村和社区里人口最多的单位。当时，城市建设滞后，问题成堆，矛盾层出不穷。社区工作人员忙得团团转，想安逸，无异于痴人说梦。

别人问：社区到底是干什么的？

郭秋连说：社区就是服务。是为居民服务的党和政府的基层组织。

对于社区各种矛盾的交织，郭秋连头脑非常清醒：既不能简单粗暴地快刀斩乱麻，也不能搁置不管。在社区党总支的大会上，郭秋连对大家说：饭要一口口地吃，问题要一个个地解决。虽然风雨一时缠绵，但彩虹总在风雨后。她号召全社区146个共产党员，为社区的进步、文明、卫生的健康发展出谋划策、献计尽责。她得到了全体党员的支持，大家统一了思想。

郭秋连从风雨中走来，砚井社区在风雨中起航。

二

砚井社区办公场地破旧，办公条件恶劣，给社区工作人员和来

2019年，郭秋连在凤凰山庄小区党支部成立会上

社区办事的居民诸多不便。前任曾将此事摆进了工作日程,"巧媳妇难为无米之炊"。当时,上级提出创建和谐社区的思路。郭秋连在创建没到位的情况下"找米下锅",率先迈开创建的步伐,从改善办公环境、提高工作效率、树立社区形象为出发点,多方借贷进行办公楼的修建与改造,让社区居民切身感受了方便、高效、快节奏的服务。办公楼一楼设置为一站式服务大厅,有综合治理、计划生育、民生服务、社区党建、社会保障、社会救助、社区民警七个服务窗口,方便居民与社区工作人员办理各项事务。二楼设有会议室、调解室、计划生育服务室、物业服务公司、家政服务社和矛盾纠纷受理窗口,便于社区居民有效解决问题、纠纷。三楼还建有社区学校、党员活动室、老年活动室、工会委员会、远程教育工作室,并配备了远程教育设备,极大地丰富了社区居民的业余文化生活。

为了争取资金,加强社区的基础设施建设,郭秋连书记每年召开两次社区与共建单位联系会议,积极为共建单位做好服务。两年以来,共建单位共走访慰问困难党员、群众200多人次,投入帮扶资金85万余元,帮助社区居民进行就业、创业30人次,开展环境卫生整治活动50次。郭秋连还用争取的共建资金120万元改善社区居民生活环境,其中耗资20万元对辖区次干道茶围路进行硬化,方便居民群众出行;耗资25万元对倾斜、开裂的牛头化围墙265米进行拆除、重建,保障居民群众人身财产安全;耗资60万元完善飞羊安置小区基础设施建设,修建围墙、护坡,安装路灯,小区绿化等。

为使社区服务工作更便利、更贴心、更人性化,郭秋连率先提出开通微信公众服务平台,社区居民通过搜索微信号或者扫描二维

在党总支与小区支部联合活动时合影

码名片加以关注，可以在微信平台上及时了解到党建、医保、计生等服务信息，特别是将党的群众路线教育实践活动信息即时更新。如要办理的事项可以在微信平台了解后一次性带齐所需资料，在办事过程中能少走弯路、少遇"黑脸"、少受委屈，让群众享受到无"微"不至的社区服务。砚井社区微信公众服务平台的开通为全县首家。新的服务理念在全县范围推广开来。

三

郭秋连经历过艰难困苦，她对穷苦家庭、孤寡老人、孤残户和单身家庭特别关注。逢年过节，总是不忘这个特殊的人群，她带领社区工作人员和志愿者为他们送吃送穿送温暖，让他们感受到家人般的关爱。前年底，社区有一个患有精神病的三无人员张冬云在外被车撞伤，造成左大腿骨折，生活不能自理，郭秋连亲自上门送饭、送过冬的棉被。其住院后，还专门请了陪护人员照看，出院后继续安排一名专人护理、照料一日三餐。后张冬云因病去世，郭秋连还积极为其料理后事。

郭秋连非常重视三无老人的生活。为了实现老有所养，她提出了一个"关于建立三无人员管理机构，解决其生存问题"的提案、建议政府建立一个帮助"三无人员"的长效机制，由政府职能部门统一管理，解决其生存问题，她的提案得到了政府的高度关注。

在面对群众反映的热点、难点问题时，郭秋连不推诿、不回避，主动做好协商工作。社区一个环卫工人工作时间内因车祸致死，案件涉及面广，关系复杂，遇难者家属多次上访、闹访，调解难度非常大。郭秋连第一时间到遇难者家中安抚慰问，并牵头联系交警、劳动、城管等部门协商，一边做家属工作，帮助争取工伤赔偿金，一边找责任方研究解决办法。经过郭秋连的多方奔走和斡旋，最后事故责任方同意在工伤赔偿金额外，支付困难补助金68万元，使这起纠纷得到圆满解决。近年来，她及时介入、调处各类矛盾纠纷一百余起，得到群众信赖，消除了社会不稳定因素；她积极帮助困难党员、重病家庭、贫困学生达48人次，帮扶金额达18000元。

如今，在砚井社区，以助人为乐、帮困为荣的美好风尚已经形成。郭秋连以她的热爱和担当，为文明县城建设又添浓墨重彩。

四

郭秋连从2012年起担任县人大代表，至今已经两届了，她还是县人大财政经济委员会的兼职委员。她的履职的情况怎样呢?

郭秋连有句既通俗又蕴含哲理的心得："人大代表，既要'代'，也要'表'。'代'就是代表人民群众的利益和诉求；'表'就是要把人民群众的需求及时向上级提出建议和意见。"

郭秋连还认为：体恤民生、关注民情是人大代表的职责和修为。

郭秋连积极参加人大的活动，了解民情，顺应民意，是一个称职尽责的代表。

社区凤凰山庄小区共有房屋5栋、居民76户，几年来一直没有纳入小区物业管理，院内安全、环境卫生都受到严重影响。在郭秋连的呼吁下，由县人大牵头，县房产局、易俗河镇、社区共同督促，小区成立了首届业主委员会，并通过《业主大会议事规则》和《小区业主规约》，业主委员会和全体业主齐心协力，建好了小区门卫、物业用房，拆除了违章建筑，安装了健身器材，搞好了小区绿化，凤凰山庄小区已建设成为一个环境卫生好、生活秩序好、群众反映好的达标小区，也成为创建省级文明县城的示范小区。看到凤凰山庄小区的变化，郭秋连又提出了关于规范住宅小区管理的议案，并被列入湘潭县六大提案之一。

郭秋连先后进行调查研究二十余次、起草调研材料十余篇，参加视察活动近三十次，她一笔一划勾勒着社区的美好未来，为党委和政府联系人民群众作出了贡献。

五

在郭秋连看来："社区是服务群众的前沿阵地。发挥好社区党组织的作用，真正为群众办实事、做好事，在他们需要的时候挺身而出，才能得到群众的信任和爱护。"为此，她千方百计地使社区党组织活起来，带动社区环境好起来，文化氛围浓起来。为更好地开展社区党员教育学习活动，郭秋连争取到县委组织部的支持，共筹集资金10万余元，添置了电子显示屏、电脑、投影仪、音响等设备，改造后的党员活动室可容纳百余人同时学习和开展活动。近年来，类似大型的学习、讲座开展了50余次，参加的党员群众5000余人次。

党员群众深入而广泛地学习，社区党组织联系群众、服务群众的整体能力得到明显提高。这促进了党的群众路线教育实践活动更好地开展。

郭秋连是天易示范区两型志愿者中的一员，她热心公益事业，积极参加各类志愿活动。她组建了一支社区志愿者队伍，在创建"两型"社会和"同心"社区时，充分发挥志愿者的宣传作用，号召社区居民广泛参与。同时，将每周三下午定为志愿者服务日，在辖区

郭秋连走访慰问百岁老人

内开展环境卫生大扫除活动，同时引导居民参与到"两型"创建及清扫活动中来，提高群众主人翁意识。社区的志愿者服务日这项工作得到了领导的高度肯定，正作为特色活动在全镇范围推广。

砚井社区根据居民的实际需求和"两型社会"建设的基本要求，在政府的引导下，充分利用社区内外资源，带领大家不断完善社区服务功能，提升社区服务水平，改善社区人居环境，提高居民生活质量，真正形成了一种"资源节约、环境友好"的新的社区生活模式。

为了更好地服务社区居民，促进智慧社区的建设，郭秋连在实践中摸索出网络贴心三步的社区工作法，以解决社区点多、面广、线长的矛盾，增强社区工作的高效能发展。

所谓三步工作法，就是：建立一条热线电话，24小时服务；打造两个平台，即支部网络平台、小区网络平台，社区全体党员全程参与；实行三线延伸，就是热线上的问题向大走访延伸，热切的愿望向大网格延伸，热点的落实向大数据延伸。

郭秋连的社区三步工作法一实施，便收到了良好的效果，是真正意义上的高效、快捷、科学的工作法。我们相信，郭秋连的三步工作法，一定会让社区工作提升到一个崭新的高度。

这是郭秋连蘸满浓墨的恢宏的一笔。

砚井，就是一个形似砚池的一口井，井水清澈见底，四季用之不竭。砚井社区名源于此。郭秋连和她的同事们用砚井磨墨书写着对党和人民的忠诚，书写着人民对美好生活的向往和共产党人崇高的追求。

湖南省湘潭县中路铺镇党委委员、镇人大主席　周勇超

虎虎生威凛凛然

初识周勇超，一米八几的高个子，干净利落；虎背熊腰的大块头，正气凛然。心想，这正是一员涉险滩、破坚冰、攻堡垒、拔城池的虎将！

他1974年出生，属虎。生活就有那么多的偶然和巧合。他读书时便是学校篮球队的中锋,现在还是湘潭县科级干部篮球队的中锋,可能是太认真、太卖力的缘故吧,还老是受伤,只好做个替补中锋。

他2016年年底当选湘潭县中路铺镇人大主席团主席。四年来,中路铺镇县人大代表小组写了一百多条建议,基本上得到了落实。是全县建议提得最多的代表小组,也是建议落实得最多的代表小组。当然,也是建议写得最扎实、最好的代表小组。镇党委、政府机关的同志告诉我:我们的周主席就是有股别人没有的勇气,总给人一种凛然的感觉。

虎胆?虎气?虎威?关于虎的词汇的确很丰富,周勇超是怎么"虎"起来的?是我此行采访的目的。

一

周勇超干事讲究雷厉风行,从不拖泥带水。

2016年底,周勇超刚从外镇调来中路铺镇,当时,上级人大根据人大代表联系和接待选民制度,要求各乡镇都要设立乡镇接待室、村(社区)设立接待站和人大代表联系人民群众之家。周勇超只用一个多月,就建立起镇接待室,并在全镇建立12个接待站和10个接待之家。这些接待室、站、家在年内便正式运作,收到了良好的效果。

中路铺镇人大接待室从每月15日、25日、26日、27日为主要接待日。四年来,驻镇代表共接待选民近两百人次。选民提出的各类问题,周勇超均在第一时间向政府及相关职能部门交办,并督促解决或是答复。四年来,没有一个积压的问题。

2019年6月，组织执法检查

周勇超对代表的建议和意见及时向政府转达。四年以来，共收到代表对镇政府的建议近百条，镇政府组织召开了多次镇长专题办公会议，逐一制定解决方案，明确责任人，限期解决。代表对建议办理满意度为百分之百。

中路铺镇县人大代表小组四年来，围绕全县发展大局，共提出建议、意见一百五十多条，周勇超积极组织并配合县级职能部门完成对建议、意见的解决和回复。

周勇超有段经典的话：当今这个世界都在快捷发展，作为镇人大主席、县人大驻镇代表小组的负责人不能及时快捷地把选民和代表的建议、意见转达，并督促职能部门解决、答复，那就是渎职、就是犯罪。

雷厉风行，是虎样的性格。周勇超对号入座，恰如其分。

2020年4月,周勇超对乡镇企业受疫情影响,复工复产情况进行调研

二

周勇超毕业于长沙农校水产专业,参加工作后,也从没涉猎人大工作。组织上找他谈话让他进入一个全新的角色——当人大主席。他就一个字:行!他清楚:任何工作都没有先天行的人,都是经过后天的学习、实践、总结而行的。就像自己在篮球场上打中锋一样,要勇往直前。

他在极短的时间里,认真学习《代表法》等一揽子有关人大工作的专业知识,还作了几大本读书笔记。

他经常向主席团的同事，向驻镇市、县老代表求教，很快，周勇超就进入了自己的角色。他认为：人民代表、人大主席就是要代表人民的诉求，代表人民的利益。

怎样才能真正代表人民的诉求和人民的利益？老师就在书里！要提高自己和代表们的政策水平和履职的能力，还是要学习，周勇超坚持组织代表小组和主席团认真研读习总书记的治国理论和各种法律法规知识，从不走过场、搞形式。

周勇超还经常组织代表去外地学习，学习别人的经验，帮助代表的成长，开阔代表的眼界，提升代表的履职素质。

周勇超每年都要组织全镇8个选区的选民倾听代表述职，让选民评议代表履职的工作情况，接受选民的监督和批评。

周勇超把人大代表每年评价站、办、所的工作固态化，发现问题，不走过场，直到认真解决问题，对不合格的单位责令整改。

周勇超和他的人大主席团、驻镇市、县代表的履职素质和负责精神，得到了人民群众的真心拥护和热情支持。在中路铺，人大代表的威望在人民群众的心目中的地位非同一般的高。

人大代表成了中路铺人一种荣耀的符号，所谓"喝酒有人敬，说话有人听"，使人大工作和代表履职有了更加广阔的天空。

足踏实地，虎虎生威，是周勇超干事履职的风格。

三

四年，中路铺镇人大主席团，三年被县人大评为乡镇先进人大主席团；每年驻镇市、县人大代表被市、县人大评选为优秀代表的，在全市、县乡镇中最多；每年驻镇市、县人大代表递交的建议和意见在全市、县乡镇中最多，落实和解决的也是最多。

中路铺镇人口65437人，面积183平方公里，在湘潭县乡镇中，人口、面积都居中。为什么人大的工作做得这么好？中路铺镇周勇超的同事们说："我们就是因为有位领头虎。"

这新词。只听有领头羊的，还有领头虎的？也对，羊太懦弱了，虎才威风。那么，周勇超是领出了有实力、有作为、敢担当的代表队伍。没错！

就拿每年向县人大提交的建议和意见来说，周勇超都要组织驻镇代表根据县域和镇域社会经济发展的迫切需要的热点、难点问题，进行认真调查研究，还要对代表进行业务辅导，并有针对性地从政策法规里找到建议、意见的法律依据，确保每一条建议和意见的质量。正因如此，中路铺驻镇市、县人大代表的建议和意见的质量，成就了建议、意见的落实和答复率最高的效果。人大代表履职的能力和质量自然得到了人民群众的认可。

在中路铺镇，人大代表在群众眼中，就是"权为民所用，职为民所为"的代名词。

基于此，周勇超和他同事们何愁不威风？！

采访结束了，我的采访目的达到了。我终于明白周勇超们为什么就"虎"起来的缘由。就连勇超这个名字都渗透出一股虎的味道来——凛凛然。

湖南省湘潭县中路铺镇柳桥村党委书记　曹铁光

铁打钢铸总关情

在中路铺镇柳桥村村部见到曹铁光，一脸的疲惫、一脸的苍老，什么都写在脸上。我心想："他该有六十七八了吧，反正年龄比我老。"我又一想，应该不会，组织上怎么会安排一个早该退休的老同志来担任全县唯——个设立村党委的党委书记呢？！

我开门见山:"曹书记是哪年哪月出生的?"

回答是:"1967年12月,属羊。"

我大惊失色,这怎么可能呢?我也属羊,比他大了整一轮零9个月,他却还显得比我苍老。

我猜测:是累出来的吧。

"村干部就不能做懒人"

曹铁光怎么就累成这样?他告诉我:"村干部就不能做懒人。"

曹铁光19岁起担任村干部,25岁当村主任,34岁担任村党支部书记。2017年担任党委书记,三四年来,他除了做好村上的工作之外,坚持每天参加半天的生产劳动。

他说:"村干部是最基层的干部,不能脱离生产劳动,一旦脱离了生产劳动,难免不会变成懒人。懒惯了,对村上的工作也就会疏于认真负责。"

这种言论,纯属曹铁光个人的看法,我都不敢苟同。

他行他素,也许有他的理由。今年春上的一天早上,曹铁光背着一包复合肥去给雨后的小籽花生地施肥,跨过一个小水沟时,一只脚插进了被青草掩盖的泥洞中,他重重地摔倒了,当时便晕了过去,十多分钟后被路过的邻居发现,才将他送回了家。

曹铁光参加生产劳动都上了瘾,打算干四个小时、五个小时的,往往要干上五个小时、六个小时才收场。他每天除了参加生产劳动,便是村上的工作和学习,正式休息的时间,就那么三四个小时。他自己不脱离生产劳动,他也要求所有的村干部都不能脱离生产劳动。全村所有村干部都有生产劳动任务。有位年轻干部有文化、有头脑,是曹铁光很欣赏的苗子，曹铁光并且主动当起这棵苗子的师傅。因为工作和劳动的压力大，这苗子畏难想打退堂鼓，曹铁光上门扎扎实实地批评了这个徒弟，硬是让他收起了退堂鼓，勤勤恳恳地在又工作又生产的村干部岗位上尽责尽职。

村干部参加生产劳动，确实密切了与群众的关系，也让曹铁光听到了很多群众的呼声和诉求。

曹铁光的"村干部不能做懒人"的要求，不只是局限于参加生产劳动。曹铁光要求自己、要求村干部的本职工作、自身的学习"一项也不能落下"。因此，曹铁光和他的村党委、村委的工作和学习在上级组织的各项考评、考核中总是获得高分。因此，他和村干部们一年到头的工作、学习时间远远超过"八小时"之外。让人联想起当年井冈山"苏区干部好作风，自带干粮去办公，日穿草鞋干革命，夜走山路访贫农"的景象来。

"一定要让乡亲们过上好日子"

柳桥村有5875人，有21.8平方公里面积，有5700亩耕地；有185名中共党员，分设五个党支部。现在的柳桥村是由柳桥、傩塘、南冲三个村合并而来，三村合并时，正负债100多万元。是全县最贫困的村，是最大的村，也是全县唯一一个设立中共党委的村。

三十多年前，曹铁光才当上村干部时，就暗下决心：一定要让乡亲们过上好日子。三十多年来，曹铁光初心不改，始终保持共产党人旺盛的锲而不舍的斗志，始终保持着"其乐无穷"的奋斗精神。

柳桥村的耕地铅含量严重超标，不适用传统的水稻种植，加上个体单打独斗经营和农业种植成本高、农业产值低等诸多元素的影响，柳桥村有三分之一以上的耕地已经荒废。

为了改变这种状况，曹铁光带领村党委、村委成员统一思想，寻找适合本村发展的道路，决定将全村耕地实行整体的大流转，实行集约化经营。

曹铁光采取对外招商、对内组织专业合作社的办法，先后将全村耕地流转给两家公司和村内组织的种养合作社。他们是：湖南永湘海川农业发展公司、万物春农业发展公司、湘潭县明远种养专业合作社。种植中药材、稀有高档水果、小籽花生和养殖生猪、山羊、水产，实现了种养结构和产业的全新变革。别人流转土地给土地拥有者每年每亩补贴一两百元，曹铁光牵头和村党委、村委及部分村民组成的明远种养合作社及公司共流转村民的土地6000多亩，他给补贴的标准却是每年每亩400元。乡亲们问他为什么给这么多，曹铁光说："办合作社这点好处都不能给乡亲们带来，那还有什么意义？！"他就是这样，心中时刻装着群众的利益。

曹铁光在给夏橙苗木盖防冻膜

他说，这还远远不够。他筹划着要壮大集体经济，让老百姓得到更多的实惠和更大的利益。他还筹谋着有一天让乡亲们以流转的土地入股分红，让全村的父老乡亲都成为土地的真正主人。

湘潭有很多农业产业，小面积经营成功者多，大面积经营成功者却极少。曹铁光就是要用科学的态度、勤奋的努力摸索出一条适合本地区农业成规模发展的成功之路，让父老乡亲过上更加富裕幸福的日子。

"共产党人就应该是新风尚的带头人"

许多地方都有自己的"村规民约"，许多的地方的"村规民约"往往只是停留在村干部的嘴上和村、组的墙上。其根本原因：一是陈规陋习的根基太久远、太深厚；二是人们根本没有勇气去与陈规陋习作斗争。

柳桥村也有"村规民约"。他们的"村规民约"是全村5000多村民制定出来的，也是全村5000多村民的行为规范。譬如，红白喜事等庆典，不得超过二十席，红包数额不得超过100元，首先从村干部、中共党员、村民小组长带头，谁超过谁认罚。曹铁光女儿出嫁，很多亲戚朋友都要求操办一下，曹铁光跟女儿、女婿一商量，婚礼当天，一家人便上了广东的女婿家，红包一个也没收。

村规民约规定：不准占用耕地建坟，不准为坟墓修建硬化道路。这条村规出来，没有谁违犯。

"村规民约"还规定：不孝敬、不赡养父母和长辈者，要重罚，造成邻里乡亲不和谐、不团结者要重罚……

曹铁光要求全体共产党员和村组干部以身作则，作出表率。如

2019年10月,南瓜丰收,组织外销

今全村政通人和,民风文明。所有共产党员和村组干部始终是树新风的带头人。作为"班长"的曹铁光始终把自己放在一个普通老百姓的位置,接受群众的监督,从不搞特殊。曹铁光有一句名言:共产党员、党的干部有一个特殊权利可以搞,那就是特别能贡献、特别能吃苦、特别能牺牲个人利益。

"人大代表什么时候都应该把人民利益摆在首位"

曹铁光是多届湘潭市、县人大代表,还兼任着湘潭县人大财政经济委员会委员。多年以来,曹铁光除了村上的工作和生产劳动外,人大履职是他一项重要的工作。他除了参加代表小组和财经委的常规视察、调研以外,还经常深入市内、县内考察、调查,了解群众对全市、全县社会经济发展的需求,将一份份有力度、有温度的建议和意见呈报上级领导机关和职能部门,为全县、全市和本村的社会经济发展作出了积极的贡献。

曹铁光有句口头禅：人大代表，什么时候都应该把人民利益摆在首位。

正是这种以人民为中心的履职观念，曹铁光在本村这个"一亩三分地"里走出来，站得更高、看得更远，胸怀全局。他要走出一条丘陵山区农业发展的路子来。

柳桥村在外打工的劳动力有700来人，他要在五年内让他们回到村上做自己家里的事，为柳桥的美丽富饶大显身手。当然，那不是用行政命令，是曹铁光们用苦干加巧干的努力，让发生巨变的柳桥的魅力吸引在外打工的乡亲的回归。

曹铁光还打算向上级提出建议，将柳桥村周围几个村的土地流转过来，打造集多种特色水果、中药材和油茶于一体的省级农林业示范园。让生态农林业、生态养殖业、和观光农林业给老百姓带来长久的利益。

他还要建立健全电商的经营平台，要让深山里"好女"嫁得"好人家"，让绿色的产品走进千家万户。

今年曹铁光被评为湖南省劳动模范，他却认为自己做得很不够。这也许就是真正的劳模们的共性吧。

离开柳桥，我与曹铁光握手告别，哎，就那么轻轻一握，生疼生疼的，他的手那么有劲。曹铁光的同事笑着告诉我：我们曹书记的手就像铁板一样，别人的手戴手套都不能抓的刺（荆棘），他不戴手套都能抓。

我望着曹铁光苍老、疲倦的脸，心里说：悠着点啊，为了大家也不应把自己贴（铁）光呀！

湖南省湘潭县天易农商银行董事长　曾国平

长沙来的"湘潭人"

派驻"金融村官"为农村"良田"灌溉金融"活水"——为贯彻落实乡村振兴总体战略部署，通过推动"党建共创、金融普惠"行动，助推乡村振兴，湘潭县在全县推行派驻金融村官工作，为农村"良田"灌溉金融"活水"。

湘潭谷塘种养专业合作社负责人彭力强在易俗河镇谷洪村流转土地种植火龙果、苗木和草皮，总面积达1000余亩，由于销售遇阻、流动资金减少，工人工资和日常维护所用的开支遇到了难题。

"在我们最困难的时候，金融村官第一时间赶到我们企业，给我们授信了50万元，这笔资金对于我们来说真的是雪中送炭。"彭力强介绍，金融村官主动上门了解情况，给予的授信让他的合作社渡过了难关，目前合作社已步入正轨，有力地促进村民致富和村级经济发展。

为振兴乡村，湘潭县通过全面实施金融村官派驻"1234"战略，即围绕一个目标（每个村信贷资金支持村民致富和村集体经济发展不低于100万元每年），推动当地农商行党组织与地方党组织党建、农商行支农职责与地方政府服务乡村振兴职责深度融合，保障推动党建工作、行政资源、金融服务三要素向村组延伸，实现金融服务乡村振兴、金融精准扶贫、整村授信、普惠金融便民服务覆盖所有行政村。

截至目前，湘潭县金融村官已累计走访农户37635户，评级授信26011户，授信59055万元，完成整村评级授信59个村，切实发挥了基层党组织战斗堡垒和党员先锋模范作用，创新农村金融服务模式，激发农村创业活力，构建覆盖城乡一体化的普惠金融体系。

这是《人民日报》2020年8月25日的一篇消息，报道了湘潭天易农商银行金融当家的故事。

金融村官——这张普惠金融蓝图上的一抹亮色，是湘潭市人大代表、湘潭天易农商银行董事长曾国平的杰作。

2020年6月，曾国平在种植大户田间考察

一

2014年夏天一个晴朗的日子，一辆小轿车从湖南省政府旁出发，向湘潭县城易俗河驶来，这是曾国平一家三口第一次来易俗河。

曾国平原是长沙市农村信用社办公室主任，省信用社领导安排他去湘潭县农村信用联社当主任。曾国平的朋友们都劝他：那是靳开来（小说《高山下的花环》中的一个人物）临战前的重用，那是悲壮的，人到中年留在省城，过点舒适的日子算了。曾国平明白：这种调动是去挑重担的，既然组织上让我挑这副担子，我就要想办法、花时间、下力气把它挑起来。

他一家三口驾车去易俗河，既是报到，也是为了熟悉环境。虽有导航，曾国平还是问了好些路人，七拐八绕才到了云龙路上的湘潭县信用联社。

一进联社的门，心里一阵忐忑，老式的营业大厅、陈旧的办公楼，比起原单位长沙市信用联社来，可以说是天壤之别。而湘潭县信用联社的工作底子，远远落后于省城。

曾国平心里笃定了：处落后境地，要奋起直追，付出的代价，或许会加倍……。

二

时间一晃六年多过去了。这是2016年7月7日，湘潭县信用联社改制成功，湘潭县人民政府掏出三个亿帮助信用联社改制。湘潭天易农商银行挂牌营业了，曾国平正式就职天易农商银行董事长。

在这六年的时间里，曾国平活脱脱蜕变成了一个地道的"湘潭人"。在他报到后的几天里，便说服了妻子，在易俗河安了家。他说：只有住到易俗河才能全身心地投入。曾国平1987年参加工作，对农业农村了解比较少。来到湘潭县后，他坚持向业务内行学习、向老同事学习，坚持经常下乡调研，了解当地的金融情况和风土人情。几年下来，他的胃变成了湘潭人的胃，初来时的一口长沙话也悄悄变成了湘潭长沙话。更可爱的是他对湘潭的人文故事、民间传说可以说是如数家珍。不熟悉曾国平的人，初次与其接触，还真以为他是湘潭人。

2016年春，曾国平又被湘潭县人选上了县人大代表，参与湘潭县社会、经济、文化发展的诸多大事的商议和决策。

曾国平在湘潭县历练了几年，他更多地了解了湘潭县的农业、农村、农民，了解了它的资源，了解了它的落后，了解了它的需求和期望。他与湘潭县融为了一体。

曾国平借着改制的春风，欲将大刀阔斧地在"第二故乡"的土地上，为"父老乡亲"描绘一张明朗清晰、充满期许的金融蓝图。

三

现在的时间是2020年8月下旬的一个下午。曾国平在接受我们的采访。

曾国平在湘潭天易农商银行董事长的岗位上已有四个年头了，现在的湘潭天易农商银行是什么状况？

有个简单的数字恰恰是最好的证上明：存款余额突破200亿，上交的税收超过亿元。原来在全省县区级农村信用联社排名里，湘潭县联社总在倒数一二三中徘徊，现在规模在县域里进入了全省五强。

如此骄人的业绩在湘潭县皆是前所未有的。曾国平没有三头六臂，他怎么就把个农商银行弄得如此风生水起？

曾国平在给县人大的履职报告中告诉了我们：

他征得县委的支持，出台了《湘潭县"党建共创金融普惠"行动方案》，县委副书记牵头，把乡镇党建共创开展成效纳入乡镇党委书记年度述职评议，搭建了农商银行党委与乡镇党委、农商银行各支行党支部与行政村（社区）党支部、农商银行系统党员与行政村（社区）党员互助共建的模式，实现了党建与金融的无缝对接；他建立"金融村官"的长效机制，将194名金融村官派驻乡村一线。实现了金融资源和人才与乡村振兴有机融合，《人民日报》2020年7月22日的报道已引用在本文开头；他明确一批村级金融协理员，并通过协理员带动乡级金融组织员和村民小组金融联络员联动，开展全方位的信息采集、评级授信等工作。他通过深入访、全面录、综合评、公开授、充分用的工作流程，稳步推进整村评级授信。他还建立了"一站多能、服务到家"的普惠金融体系，推动了"金融、电商、供销、快递"四站融合的服务中心建设。

曾国平做的这些事，有力地保障了金融的安全和精准的投入，真正实现了金融与实业的双赢。

他做实了支农、支小微，提高服务实体经济水平的工作。他还在为防范金融风险、净化金融环境做了大量的工作。

奇迹就是这样创造出来的。说到底，就是干出来的。

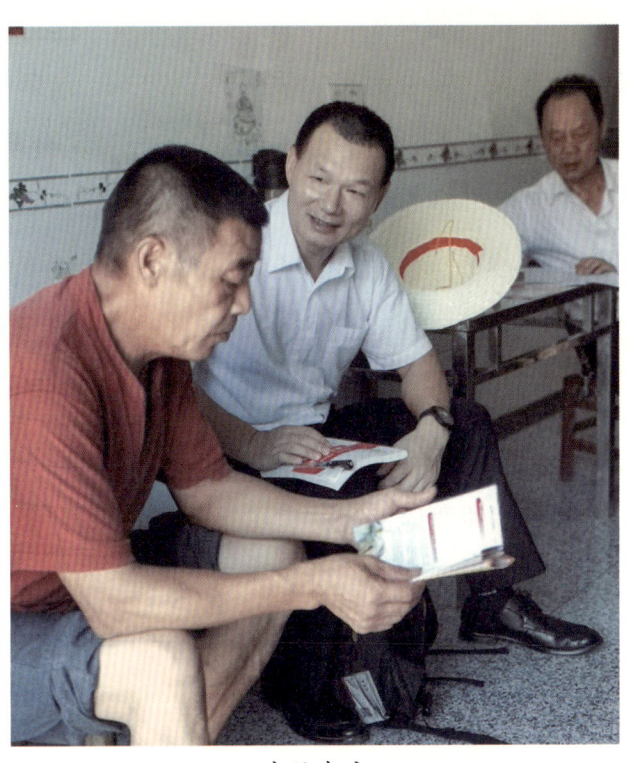

走访农户

四

其实，单纯的一个干字，在许多情况下是远远不够的。

曾国平说：做人，就不可或缺。为官、为民都应该把人做好。

这几年，曾国平坚持"唯才是举、任人唯贤"的原则，源源不断地培养了一批政治过硬、德才兼备、堪当重任的高素质年轻干部队伍。

曾国平常说："在用人、提拔干部的问题上，我们不拘一格，心底无私。在利益面前自私，就发现不了人才，就不能团结和带领自己的团队前进。"

无私、宽容、大度，才能有肚量，才不会嫉贤妒能。曾国平特别排斥嫉贤妒能的行为和言论，他认为自己身边的同事能力强是大好事，高兴都来不及，哪有那些闲工夫去嫉妒？！这同样是做人的问题，一个单位如果嫉贤妒能的人多，这个单位一定会是乌烟瘴气、一团乱麻，什么工作也做不好。

曾国平知道：一个单位的一把手的廉洁自律是这个单位保持好的风气、积极向上的首要条件。

曾国平知道的，他也做到了。从不搞特权，从不向单位、个人索要、收礼，他参加的任何公务活动，也将自己置身于党委和群众的监督之下。每年各种评优评先，他总是让给别人。

廉洁自律、以身作则，是曾国平不懈的追求。

五

曾国平是一个很有深度的人，他很有想法，而且愿意一直坚持跟着自己的想法走，这真的难能可贵。

为什么人是同样的人，原来的工作就做不好，现在的工作就做得好？

曾国平回答：这就是理念，只加上对或错其中一个字就解释清楚了。当然，问题正是出在领导身上。

曾国平说：我没有停止前进的概念，我从不认为金融企业就可以坐大船，它同样要和社会发展与时俱进。

他说：为什么老百姓要出去打工？就是因为没有找到能走的路，谁愿意背井离乡？我们要围绕县域经济的需要，为发展做大做好文章。

他说：农业是有生命的，要形成闭环。由农民提供土地流转；相关部门提供信息，帮助种植业合理种植；供销部门提供种子肥料；金融部门提供资金；电商提供销售。

他还说：智慧城市的建设，必须要有我们地方银行的支持。

他说，他要把上面说的再进行认真的考察和研究向人大提出建议，助推湘潭县城乡社会经济的发展。

这就是真把自己当作湘潭人的曾国平呀！

湖南省湘潭县中路铺镇凤形社区党支部书记兼主任　杨　静

有一个美丽的传说

　　一个地名产生一个美丽的传说。一个人的出现，又有让传说更美丽更动人的发现。

　　许久以前，湘潭县中路铺瘟疫流行。一只美丽的凤从西边极乐世界飞来，栖息在中路铺镇。它白天化作美丽的少女，为百姓治病除疫，晚上变回凤栖息在镇边的梧桐树上，因为它的神医妙术，不到一月，中路铺的瘟疫就让它给驱除了，它准备前往别处去驱除魔瘟疫。这一晚电闪雷鸣，大雨倾盆，原来是雷公电母奉玉皇大帝之命前来惩治私自临凡而违反天条的凤。凤是神鸟，只有仙界才有的，一道电光过后，凤被雷公击毙在它栖息的梧桐树上。第二天天亮，人们发现了梧桐树，却在梧桐树的地方长出了一座形状如凤的小山。

人们就叫它凤形山。

如今，中路铺镇凤形社区就沿袭了这个美丽的地名。

比凤形山和凤的传说不知晚了多少岁月的2009年春，38岁的杨静被党员和居民选举、党组织任命担任凤形社区党支部书记兼主任。又过了七年以后的2016年秋天，杨静又当选了湘潭县人大代表，当年冬天又兼任县人大监察司法委（法制委）委员。她在平淡无奇的工作中，让她服务的居民、她的父老乡亲编排出美丽的传说。

"我是党的人。社区的孤寡老人，就是我的父母，我有责任为他们养老送终。"

——杨静

凤形社区是中路铺镇唯一的一个社区，常住人口有7900多人，户籍却只有3000多人，而社区有部分居民还在离社区大本营10公里远的荷塘矽砂矿，那是原湘潭市矽砂矿遗留下来的历史包袱。凤形社区工作任务复杂，压力大，是个让人难以省心的特殊单位。

杨静捡着个烫手的山芋。亲人、朋友、曾经的同事没有不为她担心的。

更让一般人头疼的是，就这么一个小小社区，居然还有五位无儿女、无退休工资、无住房的"三无"孤寡老人，要生存、要生活、要人养老送终，杨静的亲友们都为她着急：亲生的父母都难以服侍，何况这些孤独的老人？！他们缺失亲情、性格孤僻、住房没有着落，生活没有保障。这些人的安置和服侍，按理说就一个字：难。多几个字：难于上青天。

杨静没有觉得难，她说这些老人有难，就犹如我们的父母有难，我们只有依靠政府积极地帮他们排忧解难才是。杨静向镇党委、镇政府、县民政局提出了建议和意见。她还多方奔走，得到政府和有关职能部门的支持，为"三无"老人租了住房，解决了生活费，老人们有个二病两痛的，杨静便带着社区工作人员为他们寻医问药。她每个星期定期上门，向老人们嘘寒问暖。老人们都有杨静的手机号，只要老人们有召唤，杨静总是第一时间出现。杨静清楚地知道，老人们都没有过分的要求，就像父母盼望儿女多一些陪伴那样，希望亲人多走走看看、说说话，杨静只要挤得时间出，总是设法多去看望，给他们尽量多的亲情和温暖。

杨静的父母都是70多岁了，她对父母管得很少，连去看望父母的时间都比不上看望"三无"老人的多。有人对杨静说：你对"三无"老人比对自己父母都好，父母就没有想法吗？杨静说：我父母有三个儿女照顾，"三无"老人，就只有我一个女儿呀，他们更需要我的照顾。

杨静的父母跟弟弟一家过，她托付弟弟、弟媳和姐姐代她平时多关注照顾父母的生活。她要把更多的精力和时间花在"三无"老人的身上，谁让他是"三无"老人共同的女儿呀！

有人养老送终，是"三无"老人们共有的期盼，杨静深知老人们的想法。她向"三无"老人承诺，我就是你们的女儿，养老送终我包下来了，"三无"老人中有两位寿终正寝，杨静为他们履行送终归山的女儿职责和诺言，为他们办丧事时，不知情的还真以为杨静是亡者的女儿。

"人民的代表，就得全心全意代表人民的利益。不能半心半意，或三心二意。"

——杨静

杨静是县人大代表，还是县人大监察司法委（法制委）兼职委员。她是怎样履职的呢？

中路铺有家大酒店，废水直灌朝阳渠，再入湘江，酒店的三个大烟囱对着街上的公路吹，整个一片乌烟瘴气，群众意见很大。杨静将这件事写成建议交给县环保局，不久烟囱被关闭，污水也不再流入朝阳渠了。

中路铺农贸市场基础设施差，长期容纳经销商、客户1000多人的市场周围都没有一个厕所，大家上厕所难，杨静向有关部门连续写了三年的建议，厕所最终得到了解决。

107国道从中路铺镇上穿街而过，米粉店、早餐店摆满了两边的街道，经常堵塞了国道的交通，并平添了交通风险。杨静根据这一现状，交上了建议。在交警的帮助下，整走了马路市场，还原了正常通畅的交通运输。

原荷塘矽砂矿区几十户居民饮水困难，杨静向相关职能部门提出了改造饮水的建议。数月后，一个耗资数万的大蓄水池正式建成了，并迅速地提供了优质的饮水，难题便迎刃而解了。

杨静恪尽职守、认真履职，时刻不忘代表人民，担任人大代表五年，向上级领导机关和职能部门提出了十多条建设性的建议和意见，为社会经济文化的和谐发展，作出了积极的贡献。

"勤政为民是我们共产党人的政治本色，
人民幸福是我永远的追求。"

——杨静

在凤形社区，杨静把为民办实事作为社区工作的宗旨。她让同事们的心往一处想，劲往一处使，社区的工作有板有韵，得到了群众和上级领导机关的赞赏和好评。

2018年7月镇区内道路提质改造。部分居民的老旧房低于路面，严重影响了居民老旧房的排水，部分居民拦路阻工，更有居民给杨静打电话反映问题。杨静立即赶到现场了解情况，她当场向居民表示歉意并与镇领导和施工单位协商，在提质路面的同时，将排水沟建设好，得到了群众的理解。为了把这项工作落到实处而不走样，杨静顶着酷暑在施工现场监督了一个多月，直到把排水沟全部建好才罢休。

这件事对杨静震动很大，道路提质改造本来是为群众做的好事，

2020年3月，组织党员志愿者为区内最大企业依文电子打扫厂区，助力复工复产

假若不是群众提出并解决了排水沟问题，那好事就会变成坏事给群众带来灾难。她说：我们办任何事都应该同群众换位思考，切实保障群众的利益。

  2020年春节期间，新冠肺炎的疫情突如其来，湘潭县的第一例患者就出现在凤形社区，这位患者是从广东带病回来的。社区还有11位从武汉疫区回来过春节的人。杨静带领着同事和党员志愿者居民小组长日夜工作，在抗疫的前线消毒、设卡、量体温、分发口罩、执勤巡逻。杨静从大年初一在娘家陪父母吃了一顿饭以后就守在社区。她每天穿着红马夹，背着喷雾器，出现在限制区附近消毒。安排调度社区的抗疫工作，一干就是一个多月，她甚至连续八天只能吃方便面，一个礼拜没洗澡，两个月下来瘦了四公斤。

社区的工作纷繁复杂，千头万绪，居民的吃住穿行、邻里家庭纠纷、大事小事，都与社区有着千丝万缕的联系，都牵扯着杨静的心。她个人调解社区居民各类矛盾纠纷二百余起，她总有办法让双方怒气冲冲针尖对麦芒的矛盾化为心平气和的结果。

杨静就是以这样的工作姿态扑在社区、装着群众。她是凤形社区居民最信赖的人。

采访杨静，我们想起了凤形山那个美丽的传说和传说中美丽的凤。

湖南省湘潭县石潭镇中心卫生院健康教育专干　肖荷南

涟水里飞出动人的歌

　　涟水悠悠，奔湘江而去。浪花里飞出一支歌，把岸边石潭镇中心卫生院肖荷南吟唱。

　　肖荷南，女，1968年6月出生，她出生时，父亲正在河南军营服役。"荷花盛开的季节与湖南、河南"在其父脑海里巧妙地碰撞出这么一个优美的名字——荷南,就是这个名字,与她的经历引申出另外一种意义——只要用心,干事创业,何难?!

她是湘潭市第十五届人大代表、石潭镇中心卫生院健康教育专干。她用爱和忠诚吟唱着一首寻常而动人的生命之歌。

一

2020年元月,己亥除夕将近,在广东中山当音乐教练的独生女儿回来了。女儿的"粉丝"们纷纷来访,肖荷南并不十分宽敞的家,打破了平常的宁静。贝多芬的《英雄进行曲》、阿炳的《二泉映月》等首首中外名曲在女儿手尖悠扬地流泄。祥和、快乐的节日氛围刚刚拉开帷幕……

突然,欢乐定格,电影的蒙太奇出现。心冠肺炎来袭,神州大地立刻笼罩在灰蒙蒙的惊恐之中。

全民抗疫的号角同时吹响。肖荷南像一个出征的战士,冲出家的"掩体",义无反顾地投入了战斗。

不,"作为医务人员,本来就应该是时刻准备着的战士",肖荷南事后说。

肖荷南第一时间联系了石潭镇的三个市人大代表和石潭镇商会,组织采购、捐献医疗物资。

肖荷南拉动自己的相关渠道,马上采购回480支测体温的"额温枪",并立即送给了医院和全镇42个村和3个社区卫生室,为石潭镇抗疫立下首功。(当时每支"额温枪"还只要168元,不久便涨价到300多元。)

肖荷南与三个市代表并石潭镇商会,还采购价值万元的酒精、

2020年8月6日，肖荷南在县委党校参加职工素质大讲堂

84消毒液、2000个口罩，捐献给本镇的服务机关和42个村、3个社区卫生室，及时快捷的捐助，不亚于旱地里的及时雨。

肖荷南还向院领导建议，支持村卫生室一批防护服，得到了院领导的认可。100多件防护服和部分手套，在极短的时间内分送到全镇每个村卫生室。

疫情期间，肖荷南的每一天或是在院里值班，或是走村串巷的防疫调研和督促、督查。她没有认真休息过一天，直到疫情过去，她才如释重负地轮休了几天。

如瑰丽的荷花，肖荷南又一次灿烂地绽放出青春的颜色。

二

生活从来不会轻易地浪漫，人生从来不会无故地灿烂。肖荷南生命中灿烂的第一次，是她的一个创造性的劳动成果——石潭镇老年卫生健康学校。虽然是一个"微型学校",可是派上了大用场。

2004年,肖荷南上任院社区科主任,正是石潭镇中心卫生院最艰难的时候,和许多乡镇卫生院一样,业务骨干大量流失,院里原来近百人的专业技术骨干队伍剩下不到40人,门可罗雀的冷清,让一年的业务收入只有几十万元的医院入不敷出。再继续下去,真得闭门谢客,各散五方神。

肖荷南"官"虽小,却操着整个卫生院前途命运、全镇老年人健康的心。她先后走遍了全镇22个村和3个社区,在走访中,肖荷南发现,与卫生院业务冷清形成鲜明对比的是老百姓求医艰难,特别是日益增大的老年人群体,普遍存在着卫生保健知识缺乏,高血压、糖尿病、心脑血管病等中老年常见病防治知识一片空白的状况。

肖荷南思虑再三,向院领导提出了创办老年卫生健康学校的建

2020年2月10日,发放抗疫宣传资料

议，同时，提出了通过老年健康学校提高医院素质、吸引病患进院、帮助卫生院走出困境的整套构想。

院办公会议欣然接受肖荷南的建议，并大力支持老年卫生健康学校的构想，很快将其项目便付诸实施。

2006年，全国卫生系统首创的第一所乡镇卫生院由肖荷南领衔的石潭镇老年卫生健康学校在石潭镇卫生院成立。《人民日报》《光明日报》等中央媒体给予了报道。

为了把老年卫生健康学校办成全镇及周边地区老年朋友的"健康之家"，肖荷南遍访市、县知名老专家和老教授，请他们到学校给老年朋友讲课。为了使老年朋友能听懂，肖荷南在课前都会和专家们反复沟通，使授课内容尽可能做到通俗易懂、有的放矢。

为了使更多的老年朋友学到卫生保健和疾病防治知识，课前，肖荷南还做了很多的准备：诸如组织编写了20多种简易读本，将深奥的医学知识用通俗的语言表述出来，真正达到了使老年朋友看得懂、学得会、用得上、有效果。十五年来共发放简易读本10万多册；将一些多发病、季节病的症状及治疗方法刻录成光盘，在日常下村巡诊时集中播放；在全镇几个主要人口聚集区和交通中心设立健康宣传栏，根据每个季节的特点变换内容；为全镇范围内老年人进行免费体检并建立健康档案，目前已有1万多人参与；给全镇患有糖尿病、高血压、心脑血管常见病的老年人发放免费诊疗卡，持此卡在院内就诊、检查可享受多项免费服务；对高血压、糖尿病、心脑血管病、癌症、精神病等重点人群建立定期跟踪回访制度，及时掌握相关情况并救治；坚持对全镇65岁以上人群每年进行一次免费体检，让健康伴随每一个家庭……

通过这些切实可行的措施，肖荷南不仅对全镇老年人的健康状况有了全面了解，同时也使老年朋友对医院产生了信赖，把卫生院当成了自己的健康守护神。正是基于这种良好的关系，卫生院得到了很好的回报与发展，2014年全院业务收入达1800多万元，为2005年的近30倍。

肖荷南说，除到学校听健康讲座外，很多老人还经常聚在一起相互交流养生经验，一些参加学习较早的老人毫不保留地将学到的知识和经验与伙伴们一起分享。卫生院的影响力不断扩大。

应该说，这是肖荷南人生中第一次最灿烂的闪耀。为卫生院解除了困境，让全镇的老年人卫生健康开拓了新路。她以其美丽的香馨，温暖了周围世界的人群。

三

热情、善良、忠诚、敬业，她把老年人的健康时刻记挂在心。为了服务出行不畅的老年人，肖荷南带着医院为此成立的医疗队，到村、社区、敬老院义诊。一年下来，她挤出时间在乡村和社区，建立了7000多份的老年健康档案。

十多年的时间里，老年卫生健康学校课近200堂，听课中老年人达13000多人次，发放资料10000多份，定期回访14000多人次。医院业务量创记录攀升1600多万元，是14年前的20多倍。石潭镇中心卫生院因此成为了全县、全市、全国的先进基层单位。

肖荷南懂得"村里的青年多半都在外面打工，宅在家中的老人无人照顾"，作为医护人员，给他们伸出一双援手、献出一份爱是义不容辞的天职。

肖荷南就是以这样一份责任感，在她的田野上辛苦耕耘，用自己高尚的品格和无私的奉献，收获着老年人欣慰和希望的微笑，她心中的欢乐催开了脸上如花的灿烂。

四

肖荷南对别人的父母如亲生般关爱、体贴，对自己的父母呢，同样关爱有加。

在家里，肖荷南更是父母的依靠和骄傲。作为父母的独生女，肖荷南明白：感恩父母，以孝为先，是每一个儿女最基本的义务。在日常生活中，肖荷南下班回家，不会忘记向父母嘘寒问暖，她对两方父母的日常生活尽量悉心照顾——爱人的父亲肝癌住院手术，虽是在工作百忙中，她仍尽力和爱人日夜轮流守护，擦痰、倒便、换衣服、翻身体、送水、喂药、喂饭，尽心伺候。肖荷南自己87岁的父亲身

2020年2月11日，肖荷南与石潭商会的同志下村发放防疫物资

体常年不好，她定期带老人体检、买药，悉心照顾。肖荷南回到家，做完家务后，总要和父母促膝聊天，和他们沟通思想，家庭一些比较重大的事情，她会和他们商量沟通，认真征求和考虑父母的意见，让老人们觉得自己在家庭中的地位没有因为年老而动摇，感到舒心。更难能可贵的是，肖荷南知道母亲喜欢做手工活，她还在工作闲暇去学做花，学会了便回家教母亲。看到一朵朵颜色鲜艳的花儿在自己手中更显娇艳，老人特别高兴——"平时没事的时候，我就喜欢这个。女儿在医院上班很辛苦，但是又特别顾家，对我们没话说，我这一个妹子呀，抵得过别人儿女成群。"

　　常言道：顺者为孝。在和老人们生活的日子里，肖荷南总是让老人顺心。生活中常有不如意的时候，但她绝不会在老人面前流露，她总是那么阳光，春风满面。

　　工作繁忙，肖荷南经常回家很晚，她总是忘不了跟自己的丈夫、女儿说声对不起。她说："我每天面对那么多的老人，履行医生的职责，扮演女儿的角色，却没有尽到好妻子、好母亲的责任，真是对不起！"丈夫非常理解妻子，因为在他父亲患肝癌住院的那段时间里，他看到了肖荷南对老人的孝顺，看到了她那颗善良的心！2013年7月，肖荷南和丈夫带上父母和女儿一起坐飞机去厦门旅游，爸妈一辈子没有坐过飞机，她为的是满足两位老人的这个心愿。

　　"夫妻和睦、尊老爱幼、教育子女"是肖荷南一家的家规与家风。对亲戚朋友，他们都以诚相待；对双方父母，他们都孝敬有加；对兄妹的子女，他们都视如己出；对邻里乡亲，他们都亲如兄弟，情同手足。在外求学的女儿在肖荷南的影响下也经常打电话提醒爷爷奶奶注意身体，每当节假日回家时，总带些好吃好用的礼物孝敬爷爷奶奶。爷爷奶奶逢人就夸：孙女同他父母一样，是个孝顺的孩子。

五

肖荷南天生是个鲜艳的生命。不管是父母赐予的生命还是名字，把美丽献给人间是她的崇高也平凡的天职。

她是人大代表，自然也多了一份责任、一份义务。她说："人民的代表是人民选出来的，就是人民的信任，代表人民管理国家权力机关，是至高无上的责任。"她积极参加人大的各种学习、培训和视察活动，她积极地关注民生，提出各种批评意见二十多件，并得到上级职能部门的解决和答复。在生活中，肖荷南发现"狗患"已成为城市生活中不可忽视的问题，写出了《关于切实解决流浪狗隐患的建议》，促成了《养犬管理条例》出台，规范了城市养狗，排除了隐患。

在人大履职中，她每年都有有见地、有思想、有内涵的建议和意见提出，为党和政府倾听人民的呼声作出了积极的努力。

她获得的好评无以数计；她获得的荣誉也得肩扛。她受邀当过两届湘潭县政协委员，数次获奖；她当选市人大代表，又是优秀代表；她本职工作在医卫单位，还是优秀工作者；她还是首届湘潭县道德模范提名奖的获得者。她鲜艳的生命之树诠释着灿烂的人生。

我听见，涟水里飞出动人的歌！那是鲜花在吟唱。

湖南万通建设集团有限公司董事长　郭铁球

传奇不在虚构中

他不是小说家，精彩的传奇他编不了；他不是美术家，美丽的画图他绘不出。他却以他的顽强、他的智慧、他的低调、他的矢志不渝的追求，将精彩的传奇写在人生的旅途上、步履中，将美丽的画卷绘在蓝天上、白云间。

一

他是郭铁球，湖南万通建设集团有限公司董事长。湘潭市人大第十四届、第十五届代表，市人大监察和司法委兼职委员，湘潭县人大第十四届、十五届、十六届人大代表。湘潭县建筑协会会长，湘潭县总商会副会长。

湘潭市城乡住房和城乡建设局、湘潭县住房和城乡建设局多次评选郭铁球为"先进个人""优秀企业家"。2019年3月，中共湘潭县委、湘潭县人民政府基于郭铁球对社会和县域经济发展的特殊贡献，授予他"优秀民营企业家"的荣誉称号。同年，中共湘潭市委、湘潭市人民政府授予郭铁球"特色社会主义建设者"光荣称号。郭铁球是全县授予这种荣誉称号的两人之一。郭铁球还十多次被评为湘潭市、县年度"优秀人大代表"。

湖南万通建设集团有限公司注册资本3亿元，取得房屋建筑工程施工总承包壹级资质以及市政公用工程施工总承包壹级资质，装饰装修、防腐保温、环保工程、钢结构工程、公路工程、水利水电、地基与基础等9项资质。现有子公司5家，业务范围横跨土建、安装、装饰、消防、房地产、园林、道路、钢结构、物业、设备租赁及建材生产与销售等众多领域，构建起全方位深层次发展的建筑体系。近几年公司以"诚信、务实、创新、进取"的企业精神，实施优质品牌战略，创建了多项省市级优质工程。

郭铁球带着他的团队始终秉承"质量兴业，不断提高工程质量和服务质量，努力创精品工程"的经营理念，坚持"精心施工，铸造精品，安全文明，团结和谐"的管理方针，通过了GB/T9001质量管理体系、GB/T24001 环境管理体系和 ISO28001 职业健康安全管理体系的认证,实现了三个体系合并管理,并连续多年被评为市县建筑业先进企业、"重合同、守信用"企业、安全生产管理先进单位等众多荣誉称号。

郭铁球的湖南万通建设集团公司 2017 年一年的营业收入 5.5 亿元,创造税收 2525.4 万元,安置就业 1460 人。2016 年开发大型房地产项目"万通·逸城",占地 198 亩,建筑面积 65 万平方米,总体定位"大鹏西路航母级配套一生一城"。2017 年凤凰东路道路工程和湘潭县中医医院新住院综合大楼暨"治未病中心"建设项目荣获湖南省建设工程"芙蓉奖"。

湖南万通建设集团以它的业绩跻身湘潭全市具有双国一级资质的五家公司之一,其中有三家公司是国营企业。郭铁球和他的团队创造了辉煌,是湘潭建筑行业的传奇。

然而,人们往往只赞美彩虹的绚丽,却并不关注彩虹出现前的风雨。天下的成功者、创造辉煌者、创造传奇者,没几个不是经历了众多磨难的。

二

郭铁球并不例外。他也经历了"从奴隶到将军"的蜕变。

1973 年 10 月,郭铁球出生在湘潭县易俗河镇烟塘村。

1989 年 7 月,16 岁的郭铁球跳出"农门",顶了父亲的职,招工进了湘潭县肉食水产公司的肉食车队学徒,一天到晚都在长途运送生猪去广东的路上。一年的艰苦磨练,尝够了辛酸也磨练出他娴熟的驾驶技术和经营生猪生意的本事。

2017年4月4日，湘潭市委副书记、市长谈文胜，湘潭市委常委、常务副市长杨广，湘潭县人民政府县长段伟长，湘潭县人民政府常务副县长周贤等各级领导一行到"万通·逸城"

  1990年8月，郭铁球停职停薪辞去了肉食车队的工作，正式下海，做起长途跑猪的个体户。他一干便是多年。他虽然赚了一桶"银子"，却也经受各种辛劳和无奈。随着全国各地的生猪都往广东跑，广东当地养猪大户如雨后春笋般冒出，生意无法继续做下去了。郭铁球当机立断，换个行当试试。

  2000年，家门前的江声中学又建围墙，郭铁球就抱着试试的打算，承包了江声中学围墙的建筑工程，他找到一群懂业务、有技术的朋友，就开始了他与建筑结缘的人生。

  郭铁球不懂建筑，也不懂建筑的管理，但他勤奋好学，他向书本学，买来大本大本与建筑有关、与管理有关的书，白天黑夜一有空闲就读；他向实践学，工地技术人员、泥工师傅都是他的老师，有技术员甚至开玩笑说：看来，郭铁球是要夺我的饭碗。就这样，郭铁球又经过艰难的打拼，终于由外行变成了内行。

2002年湘潭第一建筑工程公司发现郭铁球是个难得的人才，把他请进了公司当项目施工员。他去县一职建食堂、建宿舍楼，由于过硬的管理和一丝不苟的负责精神，公司和学校都很满意。

从2003年开始，郭铁球任县建筑一公司的项目技术负责人，负责建县一中的教学楼和广场道路，2006年建县一中的教师公寓；2007年任县建第一工程公司项目经理，负责新建县档案馆、江声德馨楼等。他所做项目，都得到甲乙双方的高度评价。他利用这些平台得到了成长。

2013年已是县建第一工程公司经理的郭铁球负责收购了湘潭县第七工程公司，成立了湖南万通建设有限公司。

2016年，公司更名为湖南万通建设集团有限公司，公司从此走上了大踏步发展的道路。郭铁球完成了"从奴隶到将军"的蜕变。

郭铁球，这个给人感觉生命力超强的名字和他的传奇不胫而走。

与郭铁球的传奇不胫而走的，还有他作为人大代表的担当、履职。

三

那是一个春暖花开，春满人间的时节——2007年的春天，郭铁球光荣当选湘潭县人大代表。三年后，又是同样的一个季节——2010年的春天，郭铁球又光荣当选湘潭市人大代表。接着，郭铁球连续当选三届县代表、两届市代表，并兼任市人大监察和法制委员会委员。

在人大履职的工作中，郭铁球又是怎样担当的呢？

郭铁球在人大的一次大会发言中，深情地说："作为人大代表，不仅仅是政治荣誉和职务，更重要的是肩负的千钧职责和义务。充分地行使人民给予的权利，忠实履行代表职责，是代表最基本的素质。"

郭铁球自当选代表以来，十分珍惜代表资格，时刻牢记代表使命，认真履行《宪法》和法律赋予的职权，尽职尽责地发挥了人大代表的作用，为经济发展、社会进步、人民幸福作出了贡献。为了能更好地履职，他认真地学习了人大依法履职的相关法律和规范性文件，增强了政治敏锐性和政治鉴别力，提升了综合素质。在履职的实践中，郭铁球注重理论联系实践，注重调查研究，在实际工作中提高了自己，凸显出真才实学。

郭铁球坚持做好调查研究与考证，掌握详实的第一手资料，为市、县两级人代会和市、县人大常委会期间审议人大常委会工作报

2019年11月20日，郭铁球荣获"湘潭市优秀中国特色社会主义事业建设者"称号

告、"一府两院"工作报告、财政预决算报告、各专业委员会报告作好发言的充分准备,并投好每一张神圣的票。会议期间不当无作为代表,踊跃参加讨论发言,敢于直抒己见,真实地、准确地反映基层状况。在人代会闭会期间,凡是市、县两级人大召开的持证视察、调研、政情通报会、代表小组会等活动,郭铁球都精心准备和参会,从不推托和请假。郭铁球勇于建言献策,在人代会开会和闭会期间,每年都领衔或独立提出建议、批评和意见2到5件,件件都得到承办单位的答复,有些被政府职能部门采纳。群众对建议和意见的答复落实的满意度也很高。闭会期间,每年都有数次市、县人大组织的部分代表视察重点工程、重点项目、重点工作的活动及政情通报会,代表小组会和应邀参加的其他人大代表活动。

  了解并反映选民生活疾苦,为其排忧解难,是人大代表的一项基本职责。郭铁球始终保持与人民群众的密切联系,理解人民的监督,乐于代言,敢于直言,善于献言,切实维护群众的合法利益,努力不辜负人民的信任。用心参加市人大组织的视察、调研、走访、评议等活动,广泛深入地了解民情、民意,关注人民群众关心的热点、难点问题,并广泛征求人民群众的意见,依照法律和有关规定,及时向有关部门反映人民群众的意愿和要求。保证选民的意志和利益通过国家机关得到充分的表达和实现。

  选民朋友对郭铁球的建议、意见的处理结果和答复非常满意,亲切地称他是:"最认真的人做最负责的事,是老百姓真实的代言人。"郭铁球珍惜人民赋予他的权利,增强人大意识、法制意识、公仆意识,加强学习,并不断提高自身综合素质,以更加饱满的热情应对新的挑战。

一个拥有 5 个子公司的企业老总，事务繁忙，居然把人大代表履职作为自己工作的重头戏，一刻也不懈怠，这不得不说也有些传奇的色彩。

郭铁球在人大履职的认真负责、尽心尽力，在他的选民的心目中，在市、县人大领导的心目中自有分寸，他连续三届的县代表、连续两届的市代表，就是最有分量的说明。

这段短小的文字是无法将郭铁球的传奇写出来的。他的许多精彩的故事和故事的细节，也无法表现出来。请读者诸君体谅。

在这里我只想告诉大家：传奇不在虚构中。

湖南省湘潭县鑫田小额贷款有限公司董事长　尹立仁

乐在蓝天摘白云

在湘潭县城易俗河镇，有一位出生于白石镇广桥村叫尹立仁的男人，他是湘潭市第十四届人大代表，湘潭县第十四届、第十五届、第十六届人大代表，他还是县人大的兼职常委、县人大监察司法委（法制委）的兼职委员。这是他的社会职务。他的真正身份是湘潭县鑫田小额贷款有限公司董事、法定代表人，湘潭湘军建设有限公司副总经理。

一个从白石山冲里走出来的农民的儿子，他是怎样成功的？成功了他又是怎么干的？故事还得从头说起。

一

1991年，20岁的尹立仁从湘潭建筑学校毕业了。尹立仁学的是工民建专业，而当时湘潭的建筑行业还是温吞水，没有怎么兴起来。尹立仁陷入了英雄无用武之地。后经人介绍，他怀揣未婚妻给的100元路费，来到了广西河池市南丹县大厂镇（号称中国锡都）矿务局，开始了在建筑工地打工的生涯。凭着农村孩子吃得苦、霸得蛮、耐得烦的韧劲和钻劲，尹立仁把从书本上学的建筑专业知识，与实践完美地结合在一起。几年过去，他获得了建筑高级工程师的技术职称。

翅膀硬了，各种先决的条件也成熟了。1995年，承包湘潭县第八建筑工程公司驻南丹县工程处。他学建筑的时候，便有了自己的梦想——要上蓝天摘白云。这是所有钟情于建筑专业的人们共同的梦想。

尹立仁记得谁曾说过一句话："坚持把一件平凡事做实做细，就成功了。"这话是谁说的，直到几十年后的今天，尹立仁也没弄清楚，但这句话却始终铭记于心，并将此作为自己的追求。成立公司了，尹立仁当然也就开始单独接揽建筑工程了。

一手抓队伍管理，一手抓工程质量。尹立仁公司的质量过硬，工作的形象自然得到了建筑界和甲方的认可，公司也因此而不断壮大。广西柳州华锡集团部分重点矿山建筑业务，都让尹立仁和他的公司做。高峰矿业公司的井下400处排水工程，别的公司都不敢接，尹立仁凭着认真负责的精神，不但接下了工程，而且做出了高质量。在广西柳州华锡集团公司，尹立仁，一干便是二十年，他带领的100多家乡子弟，和广西当地100多人的施工队伍，在华西集团做出了声誉，做出了品牌，也做出了丰厚的经济效益。200多人的队伍，每年每人的平均工资收入均在8万元之上。那时候在全国的建筑行业，算得上是工资最高的。

为了抱团取暖，让更多的资源得到整合，2001年，尹立仁将湘潭县第八工程公司与湘潭县工程公司等其他几家公司打捆，成立了湘军建设有限公司，他担任副总经理和南丹县第一工程处经理。尹立仁深深懂得：一个公司存在的价值，就是工程的质量。他坚持长期深入施工一线指挥调度，与大家一起参与施工。由他领衔负责的工程，无一不是合格率百分之百、优良率百分之百。

员工的口袋塞满了，公司得到了巩固，更具实力了。

二

尹立仁富了，一个山村里的穷孩子，以他的智慧、认真和努力获得了改革开放的红利，富了。然而，他始终不忘初心，他从蓝天上摘得白云归，却不单单为了自己。他初中读过杨朔的散文《荔枝蜜》，他一直欣赏蜜蜂的品质：为自己也为别人酿造甜蜜的生活。

他带着的100多家乡子弟，在20世纪末、21世纪初的劳务收入十年就几十万元。100多个家乡子弟，就是100多户家庭。一个家庭或是几十万或是近百万元，这些家庭早就脱了贫，过上了富

参加湘潭县人大监察司法委第 3 次会议、法制委第 20 次会议

裕的生活。

2002 年，湘潭九华示范区进行开发。时任湘潭县副县长的杨亲鹏带着 20 万元便上了场。杨副县长上广西尹立仁的工地考察来了。家乡的建设有难处，尹立仁二话不说，提供了项目的启动资金，为九华开发区建设起到了关键性的作用。

家乡白石镇广桥村村道硬化，尹立仁全资捐助 24 万元。

邵阳新宁是有名的贫困地区，很多村级小学都没有一栋正儿八经的校舍。2000 年尹立仁听有关单位介绍了这个情况后，自掏腰包，给新宁县捐建了一所希望小学。孩子们在安全明亮的教室里学习，他们永远不会忘记尹立仁的那片爱心。当时，尹立仁老家的房子早就应该修建了，一直未曾修建，却把爱心捐献给了离家乡数百里的贫困山区的孩子们。

1998 年，乡亲们有的已盖起了新房，正筹备建房的尹立仁，将 8000 元资金捐助给一个贫困大学生。贫困学子无钱上学、残疾人生活困难、乡亲因病致贫，只要让尹立仁发现，他有求必应，无求也应，他以自己的爱的奉献,让周围的世界充满了太阳般的温暖。

尹立仁还成立了湘潭县小额贷款有限公司,自己投资1亿多元,解决父老乡亲生产、生活中的燃眉之急。

尹立仁从蓝天上摘下白云,就是要让他生活的世界里,他的父老乡亲都能分享白云的美丽。

三

尹立仁是市、县人大代表,他说:人民选我当代表,我当代表为人民,不仅仅是个荣誉,更是义不容辞的责任,肩负着的是人民的嘱托。

他积极支持人大的工作,企业的工作再忙,个人的事再多,也挡不住尹立仁参加人大的会议和活动。每次活动和会议,他坚持始终,履职也从不马虎对付。他的每次发言,每条建议和意见都在点子上。他是法制委委员,对规范性的政府文件审查,认真负责,并坚持将监督与支持融为一体。在人大组织的多次执法检查中,尹立仁善于发现问题,并仗义执言、执法恰当。他为人大法制、监督工

抗疫期间参加《传染病防治法》实施情况跟踪检查汇报会

作作出了重要贡献。

尹立仁在工作之余坚持学习相关法律法规和代表业务知识,《宪法》《代表法》《监督法》《地方组织法》《民法典》和人大制度等书籍让尹立仁明白了怎样当人大代表、怎样当常委。他以满腔热情和强烈的责任感,积极投身代表履职工作中,他认真参加每一次会议,积极参加代表小组的调研视察活动,经常回村走访选民,了解他们的生产生活,听取他们的呼声,帮助他们解决困难。

随着农村生活水平的提高,家用电器多了,用电需求自然也有所增加。2012年,广桥村逐渐出现电力不足、电压不稳的状况,村民用电饭煲煮饭不熟,看电视经常跳闸,300多户村民的日常生活受到影响。他了解情况后,马上向县人大常委会提交了一份代表建议,为村上争取到两台变压器,现在,村民家里的电器都能够正常使用了。去年,村民发现,一些养猪户将猪粪排入河中,导致下游村民饮水源受到影响,群众意见很大。他与村干部商量后,在市人大代表会上提出关于解决广桥村村民饮水难的建议。该建议得到市、县水利部门的高度重视,投资30多万元,将白石镇自来水厂的水管延伸到广桥村,目前,水管铺设已基本完工,预计能够解决150户村民的饮水问题,九年来,他充分利用代表身份,为百姓代言,共提交各类建议三十多件。这些建议都是关系全县经济社会发展大局以及人民群众普遍关注的民生问题,均得到市、县相关部门的重视,取得了良好的效果。他先后被评为市、县优秀人大代表。

尹立仁的故事太多,他用他的忠诚与热爱谱写了一个山里人、一个企业家、一个人大代表灿烂的青春之歌。他仍在继续前进,他要为家乡更加美丽、乡亲更加幸福,乐在蓝天摘白云。

湖南省湘潭县杨嘉桥镇金笔村村主任　李志平

把握金笔描锦绣

传说明朝正德皇帝南巡，途经湘潭，在涟水河上游某处掉落御笔，正德帝当即命人往下游寻笔，并于不久寻得。正德在寻得御笔不远处的碧源村晒笔，几个地名不胫而走——落笔渡、寻笔港、晒笔嘴，一传传了200多年。

公元 2017 年，传说正德晒笔的碧源村与金桥村合并，金桥村的"金"和碧源村晒笔嘴的"笔"相碰撞，金笔村的新的地名便产生了——这就是湘潭县杨嘉桥镇金笔村，一个从传说里走出的美丽乡村。

金笔村人把握金笔描锦绣的故事，因为一个人的出现，开始了。

一

这个人，叫李志平。土生土长的原金桥村人。

1985 年，15 岁的李志平初中毕业了。在继续升学与解除家庭贫困的两者抉择中，李志平选择了后者。那时候，有门手艺比读书强，李志平拜当地一位手艺极好的木匠为师，开始了他的学艺生涯。

天资聪慧而勤奋好学的李志平，学徒期未满，便提前出师了。他跟着师父在湘潭市张家进、李家出地做装修工程。1992 年，李志平独立门户，带领一班人承揽装修工程，一干便成了职业装修队伍。他终于赚到了第一桶金、第二桶金……

李志平富起来了，他没有忘记父老乡亲，村上的公益事业要捐款，他第一时间慷慨解囊；村上的困难户、残疾人、五保户、上大学的缴不起学费的，他总是积极帮扶。一句话，谁家有难总会出现李志平救助的身影。2003 年，李志平投入 2 万元将原是泥巴路的村道铺上了卵石。

2008 年春天，村上换届选举，李志平高票当选村主任。谁能带领大家过上幸福、美满的生活，乡亲们心眼明亮着呢！

李志平这村主任一干就是四届，从小村到大村，他都干了些什么呢？

就在李志平当村主任的头年年底，村上开年终总结会。会还没有开，接账的村民来了一群，都是村上日积月累欠了村民的，而村里的账上一分钱也没有，李志平又自掏腰包将欠村民的账全部结清，那一次就是八九千元。

也就是那时候，李志平自掏腰包8万元，将全村的沟渠全部疏通硬化。乡亲们说，那些沟渠假如留到现在搞，可能花58万元也做不到。

2009年，"湘水缘"扩充，给了村上50万元补偿。他主持用这笔钱硬化了6公里村道，修好六口骨干山塘和几百米水圳。

2017年合村，李志平所在的原金桥村的基本建设弄好了大部分，而合并进来的碧源村水泥路是空白。李志平向县人大提交了金笔村全面整修村道的建议，得到了县相关职能部门的全力支持。李志平一年修路17公里，让全村的水泥路基本上做到了组组通、户户通。

李志平认为：当村干部要有成就感。而只有作出了成绩，为老百姓做了贡献，带来了好处，成就感才能成立。

李志平还说：群众选你当人大代表，选你当村干部，是对你的信任，你得去努力贡献，绝不是你谋取私利的理由。

2018年，李志平争取了900多万元将金笔村主路加宽至9米的项目，路如质如量地修好了，而李志平没有因此去捞一分钱好处。

"人是要有一点精神的。"李志平凭着精神的力量，带领金笔村人，把握金笔描绘人民向往的美好生活的画图。

二

一幅美丽乡村的崭新锦绣蓝图，即将由李志平和他的乡亲们一

2019年，为贫困户修扶贫路

同绘就。

湘潭市城市规划西二环将穿过金笔村3.5公里；湘潭县规划天易大道延长线经由金笔村5个村民小组；村域南部早已入驻的"湘水缘长生陵园"项目，在村内迫切需求扩容发展。金笔村将产生一定的拆迁需求。居住于金笔村南部的村民农房异地重建的需求，越来越迫切。

这是一个建设美丽乡村的好机遇，李志平决定认真把握。

他将村内建设现代化、集约化的配套完善的居住小区，让村民感受城乡统筹协调发展的成果。他向镇、县人大提出了一整套村内集中建房——有效、集约利用村内土地资源的建议和意见。

李志平将认真调研考察得来的数据及群众的意见请求，反复过滤，然后，又请教专家，一个整体规划的蓝图在李志平脑海形成。一个严谨的规划摆在了县、镇人大、政府领导的办公桌上，引起了县委、县政府的高度重视。中共湘潭县委、县人民政府2020一号文件明确支持打造"杨嘉桥镇美丽乡村暨人居环境整治示范点"。

　　这是湘潭县全县唯一一个示范点，李志平信心更足了。

　　一个两期共117栋集中开发民居的工程进入了实施阶段。要不了多久，金笔村这颗涟水河畔的美丽乡村明珠将焕发出更加璀璨的光芒。金笔村，包括之前以正德皇帝落笔、寻笔、晒笔传说为主题的文化广场、湘水缘长生陵园将构成一幅美不胜收的乡村田原风景画，吸引乡村旅游的客人，流连忘返。

　　金笔村人将永远记住李志平这个人，这个把握金笔绘锦绣前程的带头人。

湖南省湘潭县云龙教育集团副董事长、总校长　谢水清

经营卓越

追求卓越是"天天向上"的人们共同的理想。我的主人公,湘潭县第十六届人大代表、县人大常委会兼职常委,湘潭县云龙教育集团副董事长、总校长谢水清,在她的工作中,养成了一种习惯,那就是两个字——卓越。

2018年5月29日的《让卓越成为一种习惯》，是谢水清任职演讲的题目。她把人们追求卓越的力量，作为一种习惯培养，真所谓"初生牛犊不畏虎"，她知道卓越二字的分量吗？她知道这该要做多少功课吗？有的人奋斗一辈子都难成就卓越。谢水清当然知道。

上　篇

谢水清1978年出生在乌石峰下的山冲里，上学起耳濡目染老师对教育的忠诚和热情，心里便萌生出对教育的热爱。她认为：教育是伟大的，教师是神圣的。选择人生道路时，她毫不迟疑地选择了师范学校——当教师。1997年参加工作，21世纪初便来到了云龙学校，便与云龙一同成长。

谢水清是怎么干的，干得怎样？她的学校和她自己的一些荣誉也许能作出比较有说服力的回答。

谢水清和毕业生合影

云龙小学先后获得全国重质量讲诚信双十佳民办学校、全国民办教育先进集体、全国特色教育示范单位、全国教育科学"十五"重点课题实验学校、国家级首批足球特色学校、湖南省中小学教师培训基地、湖南省两型示范学校、湖南省红领巾示范学校、湖南省现代教育技术实验学校、省级食品安全示范学校、湘潭市民办教育综合评估优秀单位，等等。

谢水清本人也荣获全国民办中小学优秀校长、湖南省课题研究优秀个人、湘潭市专业技术骨干人才、湘潭市优秀校长、湘潭市优秀共产党员、湘潭市科学骨干教师、湘潭县优秀专家、湘潭县"十佳校长"。

云龙小学和谢水清这些含金量极高的荣誉的收获，绝不是轻而易举的，没有追求卓越的执着，没有经营卓越的方略，于谁，都是无法达到如此境界的。

谢水清追求着卓越的精致的教育，经营着卓越的精致的教育，所以，她把卓越当成一种习惯。

谢水清有一段精彩的言论：精致教育是润物细无声的教育境界，是一种完美的教育追求，是一种关注细节的严谨，也是一种欣赏差异的包容，更是一个让学生生命个体得到更充分的尊重与发展，让教师的生命价值得到更完美的体现与提升，让学生与教师一道收获生命成长的幸福的旅程。

谢水清认为：爱心是教育的底色

爱是教育的灵魂，只有融入了爱的教育才是真正的教育。走进云龙小学，教学楼上赫然写着一排大字——爱可以创造一切奇迹。

这是云龙小学的育人理念，时刻提醒学校的每一位教职员工，教师的爱是青少年成长的动力，是他们生命成长的养料。

"一切有关孩子的细节，我们都要当作大事来做"，这是谢水清经常和教职员工讲的一句话，也是她一直谨遵的原则和立足于"为孩子终身发展奠基"的办学理念。谢水清提出将"四力"——视力保护、体力锻炼、能力培养、智力开发，作为学校工作的重点。学校早在2016年就提出要做到没有一个戴眼镜的孩子的目标。学校将孩子的视力保护纳入班级常规考核，定期进行视力测试、视力保健培训。此外，学校从读写姿势、座位、灯光、营养搭配、户外活动、电子产品使用等方面做出细致严格的要求。近两年，学生近视率逐期降低，学校没有新增戴眼镜的孩子。

在谢水清的办公桌上，有一叠厚厚的资料，那是全校孩子的基本信息。每周，谢水清都会根据对孩子的观察和老师反馈的情况，邀请孩子到校长室做客，蹲下身来倾听孩子的心声，分享他们的快乐。每学期谢水清和学生谈心谈话200人次以上，密密麻麻的笔记本上记录着孩子的特点、家庭情况、喜好、心愿、家庭教育水平等，还有很多家长电访或面谈交流的情况。她不仅将爱传递给每个孩子，也延伸至每个家庭。

作为寄宿制学校，谢水清要求——"爱"不仅要融入学生的学习生活中，更要融入每一个学生与家长的心中。在校园里，老师会弯下腰来帮学生系鞋带，伸出手来帮学生整理衣物，"师爱"的温度在云龙小学的校园里升华。在寝室里，整晚都有生活老师一间挨着一间巡逻，一张床一张床地查，云小之夜也因为寝室里的那一抹微亮而温暖……在谢水清心中，装着的是每一个孩子，也正是因此，

谢水清的课堂深受学生的喜欢

她和每一个教职员工深深融入了每一个孩子和家长的心中。

谢水清强调："匠心"是教育的底气

作为学科带头人，谢水清多年来始终坚持工作在教育的第一线，一边作为传道授业解惑的师者，一边作为学校教育科研的引领者。她深知，有一颗精益求精的匠心就是培养学生核心素养的看家本领。

一直以来，云龙小学的"精致教育"以建设"学习型、智慧型、创新型"卓越团队为目标，学校开展"教—科—研一体化"研究，并使之融合到教育教学的常规之中。

学校成立了国学教育、食育教育、生命教育、文明礼仪教育、自理能力培养、智慧校园建设和学生综合素质评价等八个领导小组，辐射到学校教育教学、后勤服务日常工作的各个层面，全方位促进

2020年7月15日,谢水清参加茶恩寺镇中心小学期末工作总结会议

学生的全面发展;还成立语文、数学、书画、音乐、班主任等五个名师工作室,通过骨干教师引领全体教师的专业成长。

　　学校为每位教师都量身定制了五年发展规划,每年都有要达成的目标,并进行考核评价。学校全力为教师搭建各种成长的平台,促教师三年成骨干,五年成名师。经过多年的努力,学校培养出一大批省、市、县学科带头人、骨干教师及优秀青年教师。

　　同时,根据学科之间不同的特点,学校还研发了各学科的校本课程,不仅如此,学校还做到了每个学科有课题,每个课题有团队,教师将学习、研究、实践结合起来,形成团队合力,推动教育科研工作的开展。目前,学校有7个省市立项课题在研究当中。而已经结题的省级课题《小学教学合作探究学习方法研究》《小学科学课程资源的开发与利用》与子课题《创造性使用湘教版小学科学教材研究》《书法课程对中小学生教育功能的挖掘与研究》《小学语文阅读教学"两型课堂"教学模式及实施策略的研究》等课题，研究成果都得到了专家的一致好评。其中《小学生两型教育研究》课题获得第四届湖南省基础教育成果评选一等奖。

近两年，基于对智慧课堂的研究和深刻认识，学校又引进"智慧课堂"，实现了智慧课堂全覆盖，改变了教师备课方式，构建了全新的备课模式；创新课堂流程，形成了课堂师生交流新生态；改变了学生的学习方式，使师生交流频率提高，用大数据的方式对学生进行个性化指导；改变了模糊与简单的评价方式，使评价更科学、更精准。"智慧课堂"新模式，呈现出"大数据、信息化、快捷高效"的现代化特色。

谢水清实施："精心"是教育的底蕴

提升学生核心素养是落实立德树人根本任务的一项重要举措，构建系统、科学的学生核心素养培养体系，是一项复杂的工程，需要精心设计学校课程。多年来，谢水清带领着她的团队以培养"全面发展、个性化成长"的学生为目标，精心设计各科各类课程，将课堂向课外、校外延伸，从"学科本位""知识本位"向"育人本位""素养发展本位"转变。

学校在深入分析校情、师情、学情的基础上，经过多年的不断完善，从顶层设计着眼，从细处入手，系统设计制定课程建设方案，形成了基础课程、学科特色课程、主题实践课程、社团活动课程、国际视野课程和自理能力课程，并一直予以实施。

基础型课程要求全面贯彻国家《课程标准》的思想、理念、目标，突出课程教学这一主要途径，加强课程教学的有效性研究，全体老师共同参与《课程标准》和对应的各年级教材的校本化研究，依据三维目标，并分学科、分学期、分课时梳理出目标达成、可行性教学与学法，全面落实《课程标准》要求，确保学生的基础学力。

学科特色课程以自主开发的校本教材为载体实施教学。经典诵读以校本教材《书香情韵》为依托，以"经典"为主，兼顾其他优秀作品，鼓励学生海量阅读，注重培养兴趣和阅读方法指导。书法、剪纸、小器乐、足球、机器人等课程，为学生提供了提高素养、发挥特长的平台。

主题实践课程结合每年十大德育主题活动进行，从3月开始依次为：学雷锋活动、科技活动节、数学文化节、英语活动周、六一嘉年华、文明礼仪活动月、爱国活动月、金秋体育节、校园文化艺术节、欢乐新年。职业体验活动以班级为单位，有"小交警""护绿队""校园美容师""餐厅服务员""摄影师""面点师"等，每个学生轮流参与，老师及时评价，将职业体验活动做成立体化的成长课程，将"全面发展，个性化成长"的培养目标落地生根，不断丰富内涵。

国际视野课程通过各种途径让学生了解世界主要国家的文化，学校通过开设"外教讲坛"，开展研学旅游等活动，让学生感受他国文化，激发爱国情怀与民族使命感。

社团活动课程属于自主拓展型课程。学生根据自己的兴趣爱好进行选择，实行走班制。每周星期二、星期四下午，星期一、星期三晚上，是社团活动时间。书法室内翰墨飘香，足球场上龙腾虎跃，舞蹈室内绰约多姿，科技室内奇思妙想……社团活动展示着生命成长的精彩。

谢水清还充分结合寄宿制学校的特点和优势，注重孩子劳动意识、独立意识的培养，开发出自理能力课程。学生从一年级到六年级，自理能力培养的梯度都不一样。从低年级的自己穿衣服鞋子、摆水杯、洗澡，到高年级能洗衣服、叠被子、整理房间等，都有生活老师进行指导。除了平时对孩子进行培训外，学校每学期进行自理能力考核评价，让孩子养成"自己的事情自己做"的习惯。

谢水清就是这样培养卓越的，就是这样经营卓越的。我们相信：谢水清带领她的团队——云龙教育集团旗下的天易云龙中学、云龙小学、云龙幼儿教育一定能继续着卓越的理念，常态化地经营着卓越，向着更高、更远、更加灿烂辉煌的明天进发。

谢水清到茶恩中心小学送教

下 篇

谢水清是从事教育教学的专家，是教育高级管理者。她又是湘潭县第十六届人大代表、县人大常委会兼职委员。她又是怎样履职尽责的呢？

谢水清说：我是从事教育的人大代表，首先我得把本职工作做到极致，否则，我这个代表就没有意义和价值。同样，我不能为人大履职尽责，也失去了我当代表当常委的意义和价值。

谢水清仍然以卓越的理念尽心尽力地履行着人大代表的责任和义务。她始终把基层代表和选民作为休戚与共的兄弟姐妹，她经常挤出时间联系走访选区选民。她与联系代表保持密切联系。选区开展妇女文化娱乐活动，谢水清将云龙小学创建市级"巾帼文明岗"的经验与选区妇联分享。

谢水清是茶恩寺镇选举产生的代表。她感恩选区人民对她的信任和深情厚谊，总想为选区选民做点事。

茶恩寺镇中心小学办学条件非常差，教师们也不安心山区教育。了解这个情况后，谢水清主动争取与茶恩寺中心小学合作办学。她派出了优秀的管理干部担任第一校长，输出优秀的教育教学理念带动茶恩中心小学教育的发展，支持学校开展丰富多彩的教职工活动和学生文娱活动比赛，谢水清还送教到校，给教师提供培训充电的机会。谢水清还支持学校改变周边交通环境和校容校貌及教室里课桌椅的添置等，云龙学校先后支出和争取经费100多万元帮助茶恩中心小学的修整和完善。仅仅半年后的今天，茶恩中心小学发生了颠覆性的改变，校园环境焕然一新，师生们的精神面貌更是阳光灿烂，教育教学质量迅速攀升。选民们都说：是云龙教育集团和谢水清常委改变了茶恩中心小学。

人民选我当代表，我当代表为人民。谢水清把"为人民"三个字铭刻在骨子里。对加强农村教师队伍的建设，谢水清多次向上级职能部门发声，先后提出了《关于加强乡村教师队伍建设的建议》《关于促进我县民办教育发展的建议》，都得到了相关部门的答复和落实，促进了县域教育的良性发展。

谢水清看到县城垃圾回收乱象，进行了认真的调查研究，即向相关部门提出了《关于完善城区垃圾分类回收的建议》，得到了相关部门的回复，并制定实施了垃圾分类回收的具体办法。

谢水清还就是以经营卓越的认真、努力的态度，履职尽责谱写着人民代表全心全意为人民的心得篇章。

经营卓越，卓越的经营。谢水清这种常态化的卓越理念和卓越习惯，一定会、一定能走向卓越。

湖南省湘潭县云湖桥镇党委书记　刘奇志

难得"明白"

采访刘奇志，有个词总是在我的眼前跳跃：明白。

他在湘潭市、县人大代表，中共云湖桥镇党委书记的岗位上履职尽责，乡亲们都说：刘书记就是个明白人。

在刘奇志的词典里，"明白"无外乎四种情形：坚定的信义，可以让人明白；渊博的知识，可以让人明白；丰富的阅历，可以让人明白；深入地调研，可以让人明白。

一

刘奇志简历：1974年元月出生，1994年参加工作，1996年从原九华乡统计站长调湘潭县人大机关工作，2005年任县人大常委会教科文卫工作委员会主任，2007年任乌石镇镇长，2011年4月任石潭镇镇长，2012年元月任石潭镇党委书记，2012年起至今连续担任县、市两届人大代表。2017年，担任云湖桥镇党委书记。

刘奇志在县人大工作11年，担任党委书记后，又交叉担任市、县人大代表，他的人大工作阅历是够丰富的。同时，他还是个干一行、爱一行、专一行的角色。因此，他在人大履职中，如鱼得水，是个正儿八经的"明白人"。

也正因为刘奇志的明白，他给人大提交的建议和意见，以很有见地、质量极高而著称。还正因为如此，他的建议和意见被上级政府落实到位的最多，几乎没有被落下的问题。

刘奇志在人大工作的时间长，对代表的作用、职责有全面的了解。到乡镇工作，刘奇志将代表的履职与人民群众关心的问题有机地结合。他每年的审议发言总是有的放矢，获得大家由衷的掌声。他每年都要提交2至3件建议和意见，针对性强，总会引起政府的重视而得到精准的落实。

2020年2月28日，刘奇志组织市人大第一代表小组对云湖桥镇镇域内群英河的视察活动，邀请市委秘书长陈忠红参与了视察。

群英河修建于1956年，全长11.5公里，韶山灌区建成后，直接沟通了灌区北灌渠的右干渠，承载了灌区泄洪和湘潭县云湖桥镇、姜畲镇（现为雨湖区姜畲镇）1.2万亩农田的灌溉功能。

而群英河自建成60多年，从未清淤，从未进行河堤的维护，两座跨河桥成了危桥，两处挡水闸破损，落差处无消力设施，河道严重淤积，河堤单薄得甚至无法承受稍大的水流的压力。

市人大代表小组视察后，形成了全面修复群英河的建议，得到了市委、市政府的大力支持，这个耗资巨大的工程已经被列入市里本年度的项目工程，前期投资150万元已经确定（本篇文章动笔时工程正式动工了）。

对于这个云湖镇大型的惠民工程，刘奇志进行了多次认真的调研，他明白：上级党和政府一定会给予重视。

刘奇志把自己放在一个普通的代表位置，积极主持县人大、镇人大的工作。任何一次代表小组的活动、任何一次视察或调研，他都积极参加，并主动作为。几年来，镇政府领导班子作了几次调整，因为刘奇志和他的同事们工作到家，每次选举的候选人几乎都是全票通过，镇人大的权威凸显了出来。

二

生活和工作中，不乏本来糊涂装明白的人，就是那种本是外行装内行，本是不行充行的人。刘奇志没经过商，也不是搞经济工作的。

刘奇志明白：作为一个镇的党委书记，不懂经济工作是没有任何理由的。他也明白：不懂就要学，就要补课，决不能站在经济发展的大门外当门外汉，更不能外行充内行或打肿脸充胖子。

2019年，云湖桥镇驻镇市县人大代表视察驻村辅警工作

刘奇志把马克思主义的政治经济学读得滚瓜烂熟，名企、名商的相关著作，他遇到了就非读不可。他身边还有一群商界、企业界的朋友。他请他们当老师、当顾问，什么企业管理，什么经营方略，他囫囵吞枣地接受，又科学地加以分析思考。理论与实践的碰撞，他让自己成为了懂经营、懂企业的内行。

云湖桥镇是全县的工业强镇，刘奇志担任镇党委书记以来，经历了全球性的金融危机，许多乡镇集体和民营企业还遇上了未成规模、技术支撑乏力的瓶颈而倒退了、停滞了。云湖桥镇的企业却长期保持了稳中有上的发展势头。这与刘奇志经常深入企业调研，与企业的能人巧匠交朋友，并为他们解决前进中的困难和问题是分不开的。

连续几年，云湖桥镇工业生产上交国家的税收都是1个多亿，最高达1.58亿元。连续三年是全市的先进单位，2017年、2019年工业产量是全市乡镇排名第一。

如今又有四家上规模的企业落户云湖桥镇，还有四家企业准备投资两个亿落户云湖桥镇。云湖桥镇人都明白：领导懂经营、懂企业就是老百姓的福气。

三

"打铁先得自身硬。"刘奇志深谙其中的哲理。他明白：要做政治上的"明白人"，就要学习。学习也是"逆水行舟，不进则退"。他坚持主动自觉地学习之外，还给各基层、支部和党员制定了严格的学习制度。

刘奇志认为：作为党委书记，抓班子、带队伍是他首要的职责。他始终把坚定信义、践行"合格党员"承诺、充分发挥党员先锋模范作用和党支部战斗堡垒作用，作为工作重中之重的目标和任务。他把习近平同志治国理政和特色社会主义的思想，以及马克思主义的经典著作，作为自己工作的指导思想，并贯穿于乡镇工作的全过程。

刘奇志在学习中更加明白：自己一个人明白是远远不够的。他要让全镇的每一个党员成为政治上的"明白人"，他带领大家联系扶贫工作实践学，联系镇域社会经济发展实践学。理论联系实践，学以致用，收到了实效。广大党员、干部坚定信义跟党走，在各项工作真正成为了带领群众前行的先锋模范。全镇21个村、1个社区，有15个村支部被湘潭市、县委评为五星支部，数以百计的共产党员被市、县和上级职能部门评为优秀党员和先进个人。镇上还被评为中华诗教工作先进单位、湘潭市卫生乡镇、全省文明卫生先进单位。

刘奇志最大的爱好便是读书，他博览群书，涉猎广泛。他对高尔基"书籍是人类进步的阶梯"的名句体会最深。书籍给他力量、给他智慧、让他明白。他十数次被市、县评为优秀共产党员、优秀党务工作者、优秀人大代表。

大家都说刘奇志是明白人，刘奇志却说：学无止境，明白二字怎能随便冠之。郑板桥老先生"难得糊涂"，是有些消极因素的，事实往往是明白更难。揣着明白装糊涂，更多时候都是不可取的。

湖南省湘潭县杨嘉桥镇王家山社区党总支书记兼主任　任建军

王家山的春天

这里不是四季如春的地方。这里是春夏秋冬四季分明的湖南湘潭县杨嘉桥镇王家山社区。

在这里，寒风刺骨的严冬，却能感觉春光明媚的温暖，因为这里有位"一切为了居民"的人。他叫任建军，杨嘉桥镇王家山社区党总支书记、主任，湘潭县人大第十六届代表。他来自雷锋故里——望城，与他的同乡雷锋一样，以对居民"像春天般温暖"的热情，为王家山社区的和谐发展，为居民的幸福生活添热加温，履行了一个共产党人、人大代表的崇高职责和追求。

一

王家山社区是原市属王家山煤矿所在地，因井下地质条件复杂，煤源枯竭，于21世纪开始正式关闭，该矿在关闭前还因为长期政策性亏损，导致该矿存在的历史遗留问题更加突出。

职工居住条件恶劣的问题摆在任建军面前：原矿区有大多建于20世纪50年代至70年代的棚户区房653套，加上矿区地质沉陷，危旧房居多，有的开裂、有的倾斜，随时都有垮塌的危险，急需搬迁、拆除。加之，矿区房屋间距小，无消防车通道，无室外消防栓，也没有双向供水管网，安全隐患十分严重，一旦发生火灾，后果不堪设想。全社区绝大多数居民长期生活在惶恐不安中，不知哪一时刻，横祸就要降临。人们的心，就是在炎热的夏日，也是寡凉寡凉的。

任建军深知：人民选他当代表，人民的信任和期盼不仅赋予了自己无形的荣誉，更有重任在肩，一定要勇于为群众鼓与呼，依法行使人民给予的神圣职责。

任建军为了最大限度地将居民的智慧集中起来，他在社区开辟了"代表接待日"，并主动地组织"串百家门，知百家情，解百家困，暖百家心"的活动。以变"上访"为"下访"的一线工作法。四年来，走访了400多户职工家庭，了解居民生活状况，倾听群众的呼声，为自己积累了详细的民情。在本届人大会议期间，他积极参与其他代表就关系群众利益的热点、难点问题进行的探讨，提交了六份建议，就王家山社区原煤矿职工居住条件非常恶劣、安全隐患严重的状况，提交了《关于加快推进王家山煤矿沉陷区综合治理工作的建议》《关于加快推进王家山煤矿棚户区改造工作的建议》，引起了市、县政府的高度重视。

王家山社区棚户区的危房和消防设施为零的状况得到了全面建设和原地建设。曾经的棚户区将荡然无存，全社区的消防通道和消防设施也在全线到位，居民们感激党和政府，心底里如沐春风，脸颊上绽放出灿烂的笑容。任建军的心醉了。

二

谈及人大代表的身份，任建军三句话系之："政治上的责任，法律上的权利，社会上的荣誉。"

王家山社区是因关闭停产的矿区而衍生的单位型社区，历史积淀的问题多，上访事件最容易出现，矛盾激化的炸点极多。

2018年，任建军在人大代表工作室接待来访的职工代表

任建军多次组织居民代表会，了解群众的疾苦和诉求，切实为居民群众办实事。能马上解决的问题，绝不拖沓；不能马上办的事，也不搪塞。与上级及时沟通，与群众一同商量解决的办法。

上级交办的信访案件，任建军的结案率也是百分之百。他把维稳、扶贫帮困和解决王家山煤矿遗留下来的历史问题结合起来，在社区建立了专门的"困难职工档案"。对弱势群体从生活上关心、救助和帮扶，救助了500多名因病致贫的对象。任建军还配合王家山煤矿扫尾工作组做好改制扫尾工作，妥善处理历史遗留问题，为社区的稳定和发展奠定了坚实的基础。

任建军认为：人民群众最根本的利益，就是发展，发展就是稳定的基础。他积极申报了原矿区综合治理的建设项目，有步骤地完成了沉陷区综合治理，并着力加快原矿区的绿化提质建设，绿化提质改造2083平方米，完成了1.5公里的道路硬化和40盏路灯的亮化工程。他还以生态环境改善为切入点，加大原矿区土地的整治力度，将15亩闲置土地发展生态产业，推进了"两型"示范社区建设。

王家山社区所在地是前王家山煤矿，也是前"湘江煤矿"、前"湘潭大学"的所在地。煤矿和大学虽已成了历史的过去，而现在的社区办公楼仍是当年"湘潭大学"的办公楼，历史积淀厚重，是湖南省文物保护单位。

那是1958年初，中共湘潭县委、县人民政府根据毛主席"想在家乡办一所大学"，作出了办"湘潭大学"的决定，当年6月向全县发布了"湘潭大学招生公告"，一所在湘江煤矿旧址上建立的湘潭大学诞生了。

学校利用原湘江煤矿的房屋、设备，开设了机械、钢铁、农学、畜牧、财贸、教育、体育等七个系，招收了700多名学生。8月，湘潭县委委托毛主席的启蒙老师毛禹居赴京向毛主席汇报湘潭大学筹建情况，并请毛主席题写校名。9月中旬，毛禹居带着毛主席亲笔题写的"湘潭大学"校名回来了。

1959年，湘潭大学因故停办了，许多年以后再恢复时，选址就弄到今天的湘潭市雨湖区了。

任建军和他的同事们，为了保护"湘潭大学"原址，且擦亮有着特殊意义的历史遗迹，争取上级百余万元项目资金，将"湘潭大学"修缮一新，使之成为湖南省省级文物保护单位，成了王家山社区一道美丽的风景，让春的颜色更加生动。

三

由于原王家山煤矿行业的特殊性及长期从事井下工作，大多数居民疾病缠身。企业关闭了，身体差了，病多了，因病致贫或返贫

2020年11月6日，任建军主持召开王家山独立工矿区改造提升项目调研座谈会

现象在王家山社区特别突出。

任建军认为：就业是民生之本。他充分利用劳动保障服务中心搭建社区就业服务平台，为待就业人员提供政策咨询、职业指导、职业介绍、求职登记等服务。任建军还根据社区的实际情况，积极争取上级相关部门的支持，拓宽就业渠道。近年来，任建军组织用工量较大的企业来社区举办了三场现场招聘会；他还与附近单位主动联系，争取就近、就地安置下岗职工，实现劳动者基本稳定就业；他与湘潭华绿生物有限公司等多家单位建立合作关系。近年来，社区先后发布就业信息200多次，帮助85名下岗失业人员实现了再就业。让春的讯息带给下岗待业居民春天的希望。

对病贫交加的困难居民，任建军将他们纳入城镇"低保"范围，不"漏保"、不"错保"、"应保尽保"，实行"动态式"管理。任建军还通过帮困救济、捐助救济的方式帮助群众200多人。社区城市低保对象400余户，发放低保金高达100多万元。王家山社区因病致贫、返贫的居民沐浴在党的阳光里，盎然春色温暖了弱势群体的每一个个体。

任建军是人大代表、社区党总支书记，他非常重视理论政策的学习和知识更新。他说："今天，知识呈几何速度更新，不学习谁都会落伍的。"

他每天只要有空，便是学习，从各种法律法规到习总书记的治国理念，从马列毛的著作到文学经典，他将博览群书作为自己生活、工作的重要组成部分。他时刻保持理论上的清醒、政治上的坚定和行动上的果断。他把春的元素揣在怀中，时刻焕发着春天的热情和活力。

难怪王家山的春天是那样绚丽。

湖南省湘潭华为湘莲有限公司董事长　王华栋

王华栋的浪漫曲

在湘潭县西南部有个叫排头乡的地方，因为域内一个山峦地名叫排头岭，新中国成立后设乡，大家觉得排头的地名挺有奋发有为的寓意，便取乡名为排头。排头乡域内还有一个很文化底蕴的去处——隐山，因在隐山有《爱莲说》作者周敦颐的痕迹，山下的龙山周氏还都是他的子孙；湖湘文化的开山鼻祖胡安国、胡宏父子葬入隐山之畔；明正德皇帝下江南经此题写了"天下隐山"。

生于排头、长于排头、创业于排头的华为湘莲有限公司董事长王华栋，以他的忠诚的奉献和担当，在这片排头的土地上撑起了一片阳光灿烂的天空。

一

2016年的冬天，似乎就开始酝酿春天了。王华栋心里头绽放出现鲜艳的花朵。他被乡亲们选上了湘潭县人大第十六届代表，并兼任县人大环境资源委员会兼职委员。这是人民给他的职责，是人民对他的信任，他当然会心花怒放。

就选上代表的那一刻开始，王华栋便在心里发誓：一定要依法履行代表职务，代表乡亲们的利益、向往和诉求，践行"我当代表为人民"的追求。

王华栋1976年出生，19岁高中毕业便走向社会，在风高浪险的商海里拼搏、摔打，成了叱咤风云的企业家。可当人大代表，他是新媳妇上轿头一回。对代表如何履职、如何视察调研、如何提交建议意见，王华栋丈二和尚，摸不着头脑。他找来《人大代表法》等相关的书籍认真研读，并虚心向老代表求教。他很快也很自然地找到了当人大代表的基本要素。当人大代表要依法履职，就是说，在履职时要依法，不能乱来或想当然地履职。他又找来相关农业、农村、水利、林业、公路交通的法律书籍认真研读，为履职填充自己法律知识的部分空白。

代表小组组织的学习、视察、调研、政府工作评议等活动，王华栋无论工作多忙，也从不缺席。他说：人大的活动就是战士上岗，你缺席，你的哨位上便缺席，那是渎职，那是犯罪。

王华栋坚持深入地调查研究和独立的认真思考，为党委、政府科学决策域内社会经济发展建言献策。四年时间，他在繁忙的企业管理中，忙里抽身走访选民，听取选民的意见和建议，先后对农业农村基础设施建设和企业发展领域提交建议、意见十数条，得到了党委、政府的高度重视。

排头乡的毫光水库，是一座有200来亩水面的中型水库，担负着灌溉1000多亩农田和近800群众饮用水的任务。水库修建70多年了，从未清理过，已经淤泥囤积，灌溉的能力大打折扣，倘若遇上稍大一点的旱情，便将危及1000多亩农田的作物和群众的正常生活。王华栋准备将自己这一深入调查得来的情况，写成建议意见，提交县政府，请求解决。

王华栋深有感触地说：人大代表不只是一个光荣的称号，更像是一个警示人、提醒人担当责任的符号。

王华栋在人大代表的舞台上，入戏了，全身心地进入了角色，他一定能上演出更加威武雄壮的戏剧来。

二

王华栋是企业家，但他不是单纯地把经营的出发点和终极目标放在企业的利益上。他把职工们的利益与企业的利益放在同等重要的位置。他还以劳务扶贫、助教扶贫的方法，给他周围的世界奉献出温暖的阳光，给他的父老乡亲解除了贫困的桎梏。

2012年，湘潭市有家专做教育扶贫的爱心组织，去往湘西凤凰支助贫困学子，王华栋积极报名成了其中的一员，他连续三年一对三，帮扶三个学习成绩好却上不起学的高中学生。他送学习用品、送图书，还捐助每位学生6000元。三个受助的孩子，一个考取了中山大学，两个考取了大专，彻底改变了他们的命运。现在他们都已大学毕业并参加了工作。

2016年，本乡严冲村的学生颜慧琦，因父亲患癌病逝，母亲与她与弟弟背着父病欠下的一身债务，艰难度日。品学兼优的颜慧琦才读小学五年级就准备辍学。王华栋得知这一情况，决定支助颜慧琦读完大学。直到现在，王华栋每期开学时便将一期的费用给颜慧琦送去。为了从根本上改变颜慧琦一家的贫困，王华栋还安排其母进自家的公司上班，农忙时还给她放假回家务农。今年，颜慧琦考取了师范学校，10月9日，王华栋与妻子陈琼专程送颜慧琦去益阳上学。

王华栋公司所在地与一个省级贫困村相距3公里，一江之隔，为了扶贫，他让公司食堂与这个村定下每周星期二上村收购蔬菜的协议。每年，公司食堂近10万元的蔬菜都来自这个贫困村。

公司周边有167户建卡贫困户，今年端午节前，王华栋带着妻子陈琼挨家挨户送去了月饼等节日物资。

2015年，王华栋公司优先招收了24个建卡贫困户的职工，去年年底前已全部脱贫。

2017年，公司职工符冬梅的老公，因脑血栓要做开颅手术，需要6万元手术费用，她七拼八凑，也只弄了个5万元，王华栋带头，职工响应，筹得了1万多元，让患者成功地做了手术。

公司员工都来自周边农村，家庭经济情况差的多，一遇大病，便无力承受医疗费用，王华栋遇到如此一项需要捐助的事像食家常便饭般频繁，他仍是有求必应。

本乡华宇村有个从小患小儿麻痹症的残疾妇女何素娥，丈夫也是背上装了两块钢板的残疾。王华栋把他们夫妇俩招进公司，每天何素娥坐着轮椅上班。如今她的三个儿女，两个已经结婚生子。这个曾经特困的贫困户，已经步上了富裕的幸福路。何素娥非常感激王华栋夫妇，她说："从小没弄过钱，是你们救了我和我全家啊。"

每年过春节，王华栋都要给公司贫困职工以特殊待遇：每人1000元红包。

王华栋扶贫的故事太多。这篇文字无法将其全部记录下来。许多乡亲都说：王总是企业老总，还是扶贫专业户呢。

王华栋就像杨朔笔下《荔枝蜜》的蜜蜂那样，为别人也为自己，酿造甜美的生活。

2020年7月，王华栋在加工车间指导生产

三

跟许多成功人士一样，王华栋在成功的路上也经历了艰难曲折。1995年，王华栋在湘潭县四中高中毕业了。抉择人生的时候到了，他去了长沙冶金机械厂。在那里，王华栋边工作，边在湖南大学成人教育读书，三年，王华栋获得大专文凭。

1998年底，家乡的腊梅已经绽放，广东的木棉花还在蓓蕾中孕育，王华栋来到了东莞打工。他本想在南海将自己认真打造，却因为水土不服，碰了硬软几个钉子后，打道回府。

家乡温暖的胸怀拥抱了他。他加工湘莲，做湘莲的贸易，一干便是10年。

2012年，王华栋、陈琼夫妇在湘潭市正式注册成立湘潭华为湘莲有限公司。2014年，王华栋征购了废弃了的原排头乡华宇村砖厂40亩土地，建起了3万余平方米的加工车间和办公楼，湘潭华为湘莲有限公司从此落地生根，一个近400员工的企业，开始了有所作为的篇章。

湘莲加工季节性很强，为了稳定员工队伍，也稳定员工的收入，王华栋又引进了一项为市内一家槟榔企业长期代加工的业务。一年四季，冬去秋来，华为公司除了正常的节假日休息外，全员上岗，为300多个家庭解决了劳务收入。

湘莲加工和槟榔加工都是手中的劳作，对用工要求不高，技术含量低，中年妇女、残疾人都可以上岗工作。王华栋又将录取员工的标准倾向于这个弱势群体。

据不完全统计，王华栋公司的员工，这几年每年都要从公司领走的劳务收入1000多万元。王华栋让农村的弱势群体找到了自信和健康生活的勇气。

这里，有个人我们真得认真提一提，那就是与王华栋一道创业、一块打拼的他的妻子陈琼，这个贤淑、善良的株洲姑娘，与王华栋一样，有一副乐于助人的菩萨心肠，王华栋所有扶贫助困的行动，她都积极支持，是百分之百的贤内助。

王华栋是充实的，王华栋是浪漫的，他在"天下隐山""地上排头"的地方，以他的忠诚和热爱，吟唱着一支温馨且浪漫的进行曲。

湖南省湘潭县石鼓镇明道村党总支书记　赵文科

明道故事里的故事

这故事，既没有任何离奇，也没有意料之外、情理之中的情节，它就是一个普通山冲里寻常的几件过去和现在的事。

一

明道村原来并不叫明道，那是原来的垅塅村、道贯村合并而来的。两个小村合并成了大村，叫什么村名呢？大家想到了原来的公社叫明道公社，那时明道公社的所在地就在道贯村和垅墩村。大家也知道，明道公社是20世纪50年代成立的，当时称明道公社，寓意社会主义光明大道。大家一合计，明道公社早就不存在了，合并的新村就叫明道村。这个村名也坚定了人们在中国特色的社会主义大道上踏步前行的信心。

这取村名的事就发生在公元2016年的春天。

二

村名取了明道，明道这个贫穷村的路该怎么走？这个严肃的疑问在明道村党总支书记赵文科的脑海中翻腾。无愧党和人民的信任，就要带领3500多父老乡亲走出贫困、建设美丽家园。

那时的明道，山也清，水也秀，可就是一个穷字，牢牢控制着乡村进步的手脚，诸多无奈充斥在青山绿水间。路，雨天的泥泞；水，旱灾不断；电，用它时，就是夏夜的萤火虫。为了寻觅生存的空间，60岁以下的劳力几乎全部进城打工。土地荒芜，多灾多难的"三农"，何时是个头？赵文科拷问着自己。

拷问归拷问，干，是当下最紧迫的事。赵文科将一整套家乡基础实施的方案拿了出来，得到了全村群众的积极支持。赵文科还利用自己的特殊身份——湘潭县第十六届人大代表，就明道村落后的基础设施和民生状况，向上级政府提出了数件建议和意见，得到了上级高度重视和解决。

短短几年，明道村从赵文科上任党总支书记时的道路硬化空白村，现成为四纵四横50公里的标准村道贯穿每个村民小组及每一户，且村道全方位绿化。

赵文科争取到县国土局的"国土整治项目"工程，600多万元的项目工程，对全村农田、水渠、机耕道、山塘进行了全盘综合治理。

赵文科还对农电进行了增容改造，村上原有变压器4处，现在增扩到了16处，原来照明都难以维系的状况，现在办企业都不再为用电发愁了。他还在村域内安装了路灯270余盏，还对村部进行了提质改造。

赵文科带领他的乡亲们用勤劳和智慧，将一个曾经泥泞、曾经落后、曾经死气沉沉的穷山村，变成了电力充足、道路通畅的美丽的新山村。

明道村获得"湖南省综合减灾示范村"、党总支"湘潭市五星支部"连续多年县绩效考核"一类村"的荣誉。赵文科本人也荣获"湘潭市百村好书记""优秀共产党员""优秀人大代表"的荣誉。

2019年底，赵文科在湘潭市永霏防护服公司考察学习

曾经，明道村是湘潭县典型的贫困村，村里的集体经济等于零，贫困人口比例突出，脱贫攻坚，任重路难走。赵文科与支村班子自筹资金养螃蟹，并承诺亏损自负，而盈利作集体经济收入。赵文科还争取了50万项目资金，对全村贫困户发放鸡苗，赵文科激发了贫困户脱贫的信心，引进种粮大户流转土地1000多亩，让农户分红利、保就业，确保村民的利益稳定增长。2017年，赵文科通过招商引资，引进一家槟榔企业来村办加工厂，解决了200多村民就业，其中就有22个建卡贫困户中的22人。赵文科又引进湘潭市永辉防护服厂在明道开设加工车间，让全村的贫困户集资入股，收到了良好的效果。现在，明道村的贫困户，全部实现了真脱贫、脱真贫的目标。

赵文科还开辟了占地三亩多的文化广场，容乒乓球室、篮球场和健身器具于一体，为村民开展文化、体育活动，提供了场所。

赵文科说：作为一个人大代表，一个基层党组织的负责人，我的追求、我的天职，就是代表父老乡亲的利益诉求，全心全意地为父老乡亲摆脱贫困和苦难，建设美好家园，过上幸福的生活。

赵文科是土生土长的农民的儿子，他无比热爱他脚下的土地和周围的父老乡亲。他正一步一个脚印，让家乡更富裕、更美丽，让乡亲的生活更幸福。他带领乡亲前行的故事将更完美。

湖南省湘潭县白石镇湖田村党总支书记　胡国祥

苦乐情怀装的谁

湘潭县白石铺镇湖田村党总支书记、湘潭县人大第十六届代表胡国祥，深受当地群众的拥戴。乡亲们说他：幸福着百姓的幸福，痛苦着百姓的痛苦，是一个把心都掏给了父老乡亲的好代表、好书记。

一

2016年6月，湖田村刚由两个小村合并，老天爷一场大雨，土地爷也积极响应，将湖田村域内连接湘江的朝阳渠大堤撕开了一道18米宽、50米长的口子，洪水以迅雷不及掩耳之势将村部淹在水里，3100多亩稻田淹没了。

这场突如其来的灾难，无疑是给新生的湖田村、给胡国祥、给湖田村3200多村民一个残酷的下马威，全村直接损失400多万元。

女人们哭了，老人们哭了。男儿有泪不轻弹，一贯坚强的胡国祥也哭了。他的儿女都不在身边，责任田也就老两口的。他的损失最小，他哭了，是为父老乡亲哭的，是为仍在贫困线上挣扎的乡亲哭的。对那些建卡贫困户、低保户、残疾人，这场灾难，是雪上加霜啊！

哭是解决不了问题的，胡国祥眼泪一抹，带领村支两委和全村群众与灾难进行一场殊死的斗争。

他通过争取上级职能部门支持和带领群众集资，共筹集资金80万元，在极短的时间内，修复了垮塌的朝阳渠大堤。

他向市、县领导提出了支援种子的请求，上级迅速伸出援手，调拨了足够复种受灾面积的杂交稻种。

大堤修复，积水排进了湘江，3100多亩受损的稻田，重新播种了。

秋收，3100多亩稻田，平均产量在1000斤之上，300多万元的收入最大限度地减少了灾害带来的损失。全村父老笑了，胡国祥笑得更灿烂。

村里的电和路及其所有基础设施建设，在胡国祥的精心组织下，已完成了百分之八十以上，要不了多久，全村群众将享受干净的饮用水、畅通硬化的乡村公路、充足的电源进家入户。思想这美好的乡村就要走进每一家父老乡亲的生活，胡国祥笑了。

这几年，中年人、青年人几乎全部进城打工去了，土地荒芜的危险又牵动着胡国祥愁肠。他与村支两委的同事缜密设计，让全村3590亩农田实现了大流转，清除了荒芜。胡国祥的愁眉舒展了，他由衷地笑了。

全村的建卡贫困户全部脱贫了。他与村里党员干部又设计了预防返贫的第一方案、第二方案、第三方案……胡国祥遐想着父老乡亲将远离贫困、怀抱幸福，他幸福的笑容挂上面庞，洋溢在心上。

二

2016年，寒梅正待报春的时节。朔风中，父老乡亲把一张张的湘潭县人大代表的选票投给了胡国祥。这是胡国祥政治生涯中的一

2019年8月，镇人大组织主席团、驻镇市、县人大代表赴湘西十八洞村考察学习

件大喜事，胡国祥高票当选。他在感觉到肩上责任更加重了的同时，笑了。这一笑，胡国祥笑得有几分肃穆、几分庄重、几分豪迈。

胡国祥不愿空喊"人民选我当代表，我当代表为人民"的口号。他要尽心尽力地履职，不辜负人民的信任和期望。

胡国祥说：不忘初心，是我永远的追求；恪守为民服务，是我不变的原则；担当履职，是我不可推卸的责任。

胡国祥表里如一，言行一致。他为改善民生，发展地方经济奔走呼号，解决了一系列"老大难"的民生和发展的难题，赢得了人民群众的赞誉和掌声。

2017年，白石镇的湖田、深溪、龙凤、潭口等村的部分农田因株航工程遗留的水浸田问题，导致农户无法耕种，群众利益受损非常严重，反应特别强烈。胡国祥将由此形成的考察，写出书面建议意见，提交上级政府和相关单位，得到了政府的大力支持，株航水力发电站也掏出70万元，补偿因工程带来的损害。胡国祥又与四个村的干群将株航工程损害的农田进行了修复治理，使之回归成良田。乡亲们欣喜地笑了，胡国祥也甜甜地笑了。

2018年，胡国祥在走访中发现，白石镇所在地及周边几个村的群众都反映，饮水很不安全。他进行认真的调研，找出了隐患所在，他提出了人饮水管网改造的建议，得到政府的重视，白石镇政府及周围1万多群众饮用水管网得到了科学安全的改造。受益的干部群众笑了，胡国祥这位根本没有受半点益的人也露出了舒心的笑容。

2019年，胡国祥向政府提出了白石村水坝清淤的建议，政府第一时间进行了解决，使白石水坝恢复了几十年前的原生态。白石村人笑了，仍然跟这水坝半毛钱关系都没有的胡国祥也兴奋地笑了。

2020年，胡国祥经过认真的调查研究，起草了多份建议：新湖支渠清淤；自来水厂搬迁；金星村至杜家村村道拓宽改造建设；泉塘水库水利设施维修等，都得到了上级和有关单位的高度重视，乡亲们都笑了，胡国祥笑得更甜美。

胡国祥自当县人大代表以来，走访群众近200人次，另外，每年至少三次的代表接待日，他从不缺席，帮助群众解决难事难题。四年来，他还多次参加县人大组织的评议及各类会议，提出来自生活、出在泥土的建议，让社会经济发展更快，让老百姓日子过得更幸福。乡亲们笑了，胡国祥笑得更开怀。

胡国祥并不是总是笑，有件事就像阴云样笼罩在他的心中，让他愁云不展。全线5.4公里的朝阳渠，是灌溉数万亩粮田和排近百平方公里山洪和积水的主渠道。修建了数十年，从未彻底地清理淤泥，杂草和淤泥已经将渠道屯积得不能正常担负灌溉和排积的任务

2019年春，胡国祥在村人大工作室接待来访群众

了。下一场稍大一点的雨，渠堤上便有多处漫水。胡国祥多次向上级提出清淤的建议，上级职能部门也做了调研和勘测，就因为将耗资千万，望而生畏，迟迟没有将其列入实施项目。

胡国祥，常常为这种无奈愁眉不展。

他说：他还要继续向上级领导提出清淤的建议和意见。

他还说："我是1961年出生的，面临退休，已经老了。朝阳渠的淤泥杂草不清理，我死都不能瞑目啊！"这么沉重的、带着泪花的话题，谁都笑不起来。

"笑"不是胡国祥的专利，"哭"也不是胡国祥的特长，胡国祥平时不苟言笑，至于"哭"，真还只在老父母的灵前有过表现。他的"笑"和"哭"都维系着他的乡亲的乐与苦，维系着一个人大代表、一个共产党人将人民至上的责任和担当。

湖南省湘潭县易俗河镇赤湖村党总支书记　罗伟娟

亦柔亦刚赤子情

人生真有好事、幸事总与一个人相约，并且，这个人还不要经过艰苦努力就能轻而易举地获得吗？

"优秀人大代表""优秀支部书记""优秀共产党员"……面对这诸多的荣誉，湘潭县人大代表、易俗河镇赤湖村党总支书记罗伟娟轻描淡写地说：我这个人没什么能耐，荣誉却总是与我有缘。

没能耐，荣誉却与之有缘。谁信呢？

我就不信。

正是秋风开始扫落叶时，我专程去易俗河镇赤湖村采访，寻觅罗伟娟"没能耐"而"荣誉"与她"有缘"的秘密。

罗伟娟呢，市、县、镇的各种荣誉证书几十个，1970年出生的她，诸多的荣誉，都是2008年任村干部以来所得的。她轻松得了么？

赤湖村3100多人，6.67平方公里，近万亩的土地，在天易示范区征收的红线范围之内。进一家单位，便征收一块土地，给赤湖村的工作带来了许多不可预测的麻烦。各种矛盾随之而来。特别是2016年以来，罗伟娟担任了湘潭县人大代表，因为开发商的开发，造成水、路、电的矛盾尤为突出。

罗伟娟和她的同事们每年都要处理各类事项200件以上，承诺事项按时办结，群众满意度很高，在民意调查中，近几年的群众的满意度在全县的排名总是靠前。

罗伟娟认为：想群众之所想，急群众之所急是一个人大代表、一个党的支部书记天经地义、义不容辞的本职工作。她先后向县人大提交了《关于加快天易示范区绿心区域规划建设的建议》《关于村级组织活动场所建设》《关于加强市政设施巡查、查处的建议》《关于农村人居环境整治工作持续开展的建议》《关于启动赤湖村芙蓉安置区农贸市场和管理用房建设的建议》《关于修缮征拆项目村道路的建议》。这些建议和意见，有的在全县和部分地区有普遍性，有的在小区域内是特殊性，得到了上级政府和职能部门的高度重视，有的得到了解决，有的正准备解决。

抗疫期间，参加慰问活动

　　罗伟娟把人大的履职当作自己的本职工作，把为老百姓代言作为自己的应尽义务，忠贞不二。

　　谁都能想象得到，一个征收中的开发区，繁忙的工地，车水马龙的施工车辆，不断新开的通道，不可避免地总与繁乱、复杂挂得上钩，罗伟娟不计其数地处理着各种不和谐的因素，不厌其烦地与各开发单位和本村的群众协调各种矛盾。人们都说罗伟娟柔情似水，不管什么水火不容的麻烦，在罗伟娟面前都能顺利地化解，就是那种以柔克刚吧！

村上有建卡贫困户27户，共73人，罗伟娟给他们安排就业岗位。她为有条件养蜂的贫困户送去422箱蜜蜂。她还争取沿海一位企业家给全村每家贫困户送去了净水器。她像春风拂煦着贫困户的心房。2018年，赤湖村的贫困户全部脱贫了，走在了全县扶贫攻坚的最前列。

罗伟娟有句常常说在口里、放在心上的话：一个共产党人，只有时时关心群众的利益，群众才会买你的账。

这几年，赤湖村在开发中，安全开发、安全生产是罗伟娟非常关注的问题。她制定了相应的安全管理制度，并确定专人负责安全督查，发现安全隐患，便将它扼杀在萌芽状态。2016年至今，赤湖村的土地上没发生过一起安全事故。

农村卫生环境的整治，赤湖村不因是在开发中而缺席，也不因为在开发中困难更多、问题更复杂而放弃。罗伟娟把它作为保护人民根本利益的大事来抓，同时得到了全村群众的积极拥护和参与，无死角、无遗漏，整治效果又走在全镇前列。

赤湖村是湘潭天易示范区与株洲天元区衔接的中间地段。湘江傍村北去，天易大道穿村而过。维护好纵横交错、数十公里的村道，是长期萦绕在罗伟娟心头的主要任务，这是乡亲们生产、生活的命脉。她多年以来自筹养护资金数十万元，安排专人养护，让老百姓出行安全通畅。

赤湖村的土地，天易示范区的征收办法是：入驻一家单位，征收一处，拆迁一处。对全村水利灌溉沟渠的利用大打折扣。粮田因无法灌溉而抛荒；水塘因无法排渍而影响群众的正常生活。面对这些在开发过程中出现的问题，罗伟娟从夹缝中求生存，许多时候也

2020年7月份，罗伟娟走访贫困户

只能是头痛医头、脚痛医脚，尽最大限度地减少土地的抛荒和对群众生产生活带来的消极影响。她有一个最大的任务是向群众做深入细致的解释，求得广大群众的理解。

赤湖村既是征收开发的地方，征拆的一系列工作当然离不开村上的介入，自然就经常会有大量的款项流动于村上与征拆户之间。罗伟娟和她的同事们也自然是"常在河边走"，能否"不湿鞋"是对罗伟娟和她的同事们的最佳考验。

罗伟娟除了组织全村共产党员和村、组干部进行经常性的廉政、廉洁的学习、教育外，还选出了专门的监察小组，对村上的每笔收入和支出的资金进行全程监督，从根子上、源头上控制了腐败的发生。

罗伟娟和她的同事们，经常要配合天易示范区进行征拆的评估。她坚持不论亲疏、公平公正一条尺，杜绝了在评估中任何猫腻的出现。

罗伟娟说："见钱眼开"不是共产党人的追求。她要求全村党员和群众对她严格监督，她也要求全体党员和村组干部自律，否则，严惩不贷。她还坚持每一笔征收款及时一次性到位，不留任何尾巴，从源头上杜绝了损害拆迁户利益和贪腐的发生。数年的征拆，到目前为止，赤湖村没有因拆迁而上访上告的事例出现。罗传娟和她的同事们"常在河边走"，就是"不湿鞋"。

罗伟娟也是血肉之躯，也有儿女情长。她一心扑在事业上，也有疏于亲情的遗憾，她说：党和人民让我当人大代表，选我当村支书，是对我的信任。我没有任何理由玩忽职守、懈怠责任。

难怪罗伟娟与荣誉有缘，那是她全心全意为群众服务、为党尽忠的证明。

湖南省湘潭县花石镇花石村党总支书记　胡光良

常揣喜悦在心头

　　他曾涉足商贸,凭诚信和努力,20世纪末,积累了近百万的资产。紧接着,因为善良和太相信别人,让一个贩毒的人骗去了价值200万的货物而陷入了倾家荡产的低谷。经过许多年努力,才将这个亏空填上。

他情系乡亲，忠诚奉献，厄运却相伴而行，妻子身患肺癌，三年了，每天化疗。"好人一生平安"，在他这里，却成了泡影。

他，胡光良，湘潭县花石镇花石村党总书记、湘潭县第十五、十六届人大代表，以他的泰山压顶不弯腰的坚强意志和一份超乎寻常的热爱，把千家忧患铭记于心。他每为乡亲们做一件好事，就抑制不住内心世界的成就感，就抑制不住荡漾在心头的喜悦。

贫困的乡亲全部脱贫了。

上不了大学的孩子上大学去了。

老吵架的乡亲不再吵架了，他的调解工作失业了。

每家每户的环境卫生搞好了，人居环境美好了。

土地没有抛荒了。

社会治安达标了。

条条硬化的公路入户了。

全村的饮水安全了。

乡亲们的口袋子里存款饱满了，日子过得好了。

这每一件、每一项惠及乡亲的工作落到了实处，都让胡光良的喜悦挂上眉梢。乡亲们的欢乐就是他的欢乐，乡亲们忧愁就是他的忧愁。他的心里时刻装着群众，装着乡亲们美满幸福的生产生活。

胡光良出生在20世纪60年代最饥荒的年月，对苦难有深刻的理解。改革开放让社会更有了生机，人民更有了尊严，社会出现了大踏步的进步。他对党有了全新的认识，他按照党员的标准严格要求自己，38岁时加入了中国共产党。新世纪开始的第一年——2001年，他当上了村党支部书记，一干便是20年。

乡亲们说：胡书记二十年如一日，心里只有群众。

乡亲们说：胡书记把为群众做的每一件事，当作无穷的乐趣。

胡光良说：我这只是兑现我入党时，举着拳头发的誓而已。

不忘初心，是一个共产党人高贵品格的表现。

乡亲们选胡光良当县人大代表，已是两届了。胡光良读懂了每一张选票的含义——"乡亲们的信任是我履职最强大的动力。"

胡光良把乡亲们的信任作为推动新农村建设、为人民群众代言的责任。胜任代表职务，是他的天职，义不容辞。他深入群众，听取群众反应激烈的生产生活的热点、难点问题，提出了《关于净化花石水库》《关于解决花石村超上片主渠整修硬化》《关于对花石行人桥改建》《关于花石村与龙口村村连公路整修》《关于对湘潭县整顿移动、联通、电信、有线等单位立杆架线不规划的建议》《关于对花石村河边排渍渠整修》等建议和意见，百分之百地得到了有关职能部门的重视和解决。

胡光良说：要当好人大代表、履好职，光有一片热情是不够的。必须加强学习，不断提高个人的素质。

他坚持学习党和国家的政策方针、法律法规和习近平同志一系列治国理念，把握履职的方向。

他坚持听取群众的呼声，坚持认真地调查研究，坚持独立思考，让自己提出的每一件建议和意见都具有大视角，提高了履职的水平。

胡光良的工作，得到了上级党委、人大、政府的赞誉，他的各种荣誉证书有几十本。

胡光良说：这些荣誉都是对我的鞭策，不是任何骄傲或停滞不前的资本和理由。

胡光良还说：有句话说，金杯银杯不如老百姓的口碑。我真还更在乎父老乡亲对我的工作的支持和认可；在乎经过自己的努力，为父老乡亲谋得的利益。哪怕很小，也有一种成就感、一种喜悦在心头。

湖南省湘潭县人大监察司法委、法制委主任委员　杨立明

一片冰心贯始终

唐代诗人王昌龄在《芙蓉楼送辛渐》诗中留下千古名句"一片冰心在玉壶"。这行诗意在心如晶莹剔透的冰储藏在玉壶中一般，永远清廉正直。

湘潭县人大常委、县人大监察司法委、法制委主任委员杨立明以他的热爱和追求，为这名贯古今的诗行注入了时代的新意。他的一片冰心，为法律的尊严和公正、为人民群众的利益，始终如一地坚守着。

一

湘潭县杨嘉桥镇，1973年8月一个普通的日子，杨立明就出生这里一个普通的农家。父母亲都是中规中矩的普通农民，纯朴善良的本质，陶冶着杨立明幼小的心灵——做好人、做好事，长大后做个对父老乡亲、对国家有用的人。

杨立明上学了，小学、初中、高中，他品学兼优。高中毕业时，考上了湖南省司法学校读中专。

这个中专一读不要紧，杨立明从此与司法、与法律再也无法分离。他与它结缘，并视它如宝贵的生命，如爱情不离不弃。

1994年中专毕业，杨立明参加工作的第一站去了湘潭县人民法院姜畲法庭任书记员。

杨立明的第二站是1995年去了湘潭县人民法院中路铺法庭，先后任书记员、助理审判员、审判员。其间，杨立明通过湖南省高等教育自学考试，法律专业本科毕业，获得法学学士学位。

2003年，杨立明考取湘潭大学法学院在读研究生，4年后获法学硕士学位。

2007年7月，因工作需要，县人大常委会把杨立明调到了内司工委任信访专干，两年后升任内司工委副主任，2016年任县人大法制委主任委员。2019年机构改革内司工委更名为监察和司法委员会，与法制委合署办公，杨立明任主任委员。

杨立明说：他从中专到获得法学硕士，读的都是法学，从参加工作的第一天到今天，从事的都是与法律法规紧密联系的一个工作，他是法的初恋、法的情人、法的最忠诚的爱人，此生相依陪伴，终生无憾。

二

的确如此。

当年，杨立明的硕士论文写好了，导师给他改了一稿，不满意，再改第二稿，又改回到了杨立明的原稿上。杨立明结合理论学习产生的认知和基层的深入实践，坚持自己论文观点，在老师的指点下，不断修饰完善，使之按照原稿通过答辩。杨立明就是以这种无懈可击的努力和学习态度，完美地完成了他的司法中专、法学专业本科和法学硕士的学业。他又通过国家统一司法考试，获得法律职业资格证（A证）。在司法、信访工作一线，杨立明仍坚持自学法律的

2018年，道路安全法执法检查督办会

相关知识，钻研法律的相关业务。

这一切，让杨立明在信访接待、司法监督中娴熟运用自己掌握的法律专业知识，得心应手地进入工作状态，高效率地解决问题、化解困惑。

三

杨立明在县人民法院工作的14年间，作庭记录等近千场，承办及参与审判各类案件2000余件，他严守工作纪律和职业道德，从不徇私枉法，工作一丝不苟，以高度的责任感，没有一件因过失导致错案发生。在任助理审判员和审判员的8年中，年年被评为县人民法院先进工作者，三次获得湘潭县人民政府的嘉奖。

2007年，杨立明调到县人大工作后，更是兢兢业业，接待信访1000余件，接待来访群众2000余人次，他热情为群众提供法律咨询，

2008年，杨立明参加湘潭市"九华杯"人大当家法知识电视抢答赛

耐心疏导群众遇到的法律盲区，尽最大努力地为群众排忧解难。他从不敷衍、也不只是简单地接洽和转交其他单位处理。他总能让来访者心悦诚服，在初信初访中便让问题得到基本解决，最大限度地控制了向重复访、越级上访的方面转化。他总是不厌其烦地向上访群众解答有关法律问题，不论多少次的反复咨询，他都热情接待，循循善诱，提高了直接解决信访问题机率，直接解决的信访问题达百分之三十五以上。对于转办、交办的信访，杨立明也坚持严格按照法规的期限进行协调、督促。他让自己经手的转办、交办的信访回复率百分之百。十多年来，杨立明所接手的信访工作从没发生过一起缠访、闹访的问题。他多次被评为全县优秀信访工作者，并荣获县人民政府的嘉奖。

杨立明认为：自己是受党和国家恩惠成长起来的，坚持全心全意为人民服务，是自己一丝也不能懈怠的责任和义务。

他在成长的路上，一路高歌。

四

杨立明是县人大监察司法委、法制委主任委员，监督一府一委两院执法、用法，是他义不容辞的责任。

个别职能部门制发规范性文件，或是率性，或是任性，或是不切实际，与法律法规相悖或冲突的事情常有发生，譬如，"跳广场舞要向公安局备案"的规定就与国家法律和中央的政策精神相悖。每遇到此类问题，杨立明坚持以中华人民共和国的法律为准绳，在严肃执法、维护法律尊严的原则问题上从不妥协，在整改、撤销不合法文件上从不放手。

杨立明工作认真、细致，从不走过场。某年，政府办清理几年的文件，有600多份。首先政府办只报了目录，杨立明不同意——走过场的事是万万做不得的。他将全部文件要了过来。他发现13个文件有悖法律，站脚不住，他毫不客气地建议将其废除。有50多个文件有问题，杨立明也毫不放松，对50多个问题文件全部督促进行了修改，完善了文件的合法性，维护了政府的形象。

有的部门罚款却拿不出任何法律依据，杨立明毫不留情，向政府建议，坚决取缔，让法律的光芒闪耀在莲乡大地。

杨立明以自己专业的优势和对本职工作的敬畏之心，让政府和职能部门的工作在法律法规的规范下，得到了良性发展。

杨立明和他的同事们的工作，多次得到了省、市人大的肯定，有的做法，甚至让省人大引起特别关注，要求全省予以效法。

依法治国，是国家长治久安的基础和根本。依法治县，也是县域社会经济发展的根本，杨立明和他的同事们肩负的责任无法轻松。如何让全县广大公务员和人民群众学法、懂法、用法，真正达到依法治县的境界，路还很长，杨立明和他的同事们在"上下求索"中，将不辱使命，奋力前行。

杨立明说：创新发展是我们前行的思路和方向，而按法律的程序和规范去创新发展是规定的动作，决不能任意妄为，更不能任性地作为。否则，就会损害法律的尊严和人民群众的根本利益。

五

杨立明一年到头四点一线：工作、读书、思考、家庭。他不会也没有时间参与打牌等文娱活动，他是把别人休闲、娱乐的时间都花在工作、读书、思考和照顾父母、妻子、儿子中。

父母是他的最爱，年老体弱的父亲在他中风时都叮嘱儿子：公家的事是大事，不要管我。母亲在逝世前叮嘱儿子：不要因为我有病，耽误了公家的事。杨立明秉承了父母优良的品格，总是忙里偷闲地在父母膝下尽孝，从不因为情况特殊而轻易请假。

儿子是个传承了父亲优良品质的好儿子，杨立明甚至极少为儿子操过心，好在贤慧的妻子给予了儿子更多的关爱。儿子从中央司法警官学院毕业后，工作在长沙，他表示向父亲学习，做一个让党和人民放心的好青年。

杨立明对待工作的认真和努力就不用再多笔墨了。他在工作之余的绝大部分时间就是读书、思考。他读的书几乎都是与法律相关的书，他的思考也几乎是与法律相关的问题。他说：这就是为自己充电。他也深知：要在这飞速发展的时代与时俱进，不认真读书，不认真思考，任凭你学位多高，专业知识多丰富，也是行不通的。

杨立明就是这样孜孜不倦地为自己充电，让自己飞翔的感觉更好。杨立明所做工作纷纷繁繁，他忙而不乱，这应该是内心充实的缘故。

他在自己的岗位上老老实实做人、勤勤恳恳工作，心无旁骛，忠诚不二，我们在他的脸庞上、眉宇间似乎读懂了什么。

王昌龄老先生的"一片冰心在玉壶"只是一种承诺。杨立明则将它融入自己的工作和生活中，甚至永远。

湖南省湘潭恒源金属制品有限公司董事长　茹文超

盘算出来的大格局

他1977年出生在湘潭县与衡山县交界的茶恩寺镇银桥冲里，小小年纪，爱思考，盘算着日子如何过好，盘算着未来怎样致富，盘算着自己一亩三分地里如何有收获，盘算着今后怎样为父老乡亲谋幸福。穷乡僻壤的农家孩子，不盘算就过不好日子。

他茹文超当然不要像其他穷孩子那样去盘算，当了几十年村干部的老父亲，乘着改革开放的春风，带头勤劳致富，成了山冲里的第一批"万元户"。可能是受到父亲的影响，小小年纪的茹文超便理想着、盘算着做一个成功的事业，给社会、给父老乡亲作出贡献，从此，他带着这种信念走上了不断进取的征程。

2004年，有一栋四层楼的企业在易俗河镇吴家巷工业园区突兀地显摆着，全称为湘潭恒源金属制品有限公司。公司拥有标准化的厂房15000平方米，配置了激光切割、创槽、剪折、冲压、焊接、喷烤等先进的生产设备，是易俗河地区唯一一家打造国内各种新中式金属家居系列产品及高中档工艺铜门、不锈钢标门、锌合金门的集生产和贸易于一体的专业公司。公司还配备了专业安装各种门窗的队伍公司，年产值2000万元以上。

这公司，便是从茶恩寺银桥村来的那个茹文超注册成立的。

这是一个不同一般的公司。走进公司，首先见到的就是公司的铜艺馆。那浓厚的文化气息包围着我们。产品展示厅、企业文化厅、书画作品厅，都流淌着文化的味道，让人仿佛置身于一个艺术的殿堂，而不是走进了一家传统的金属制品企业。

茹文超从小就深受家乡那位文化名人——齐白石的影响，少年齐白石的故事经常在他的耳畔回响，骨子里天生就有对中国传统文化的向往和热爱。

赋予产品的文化灵魂，提高产品的观赏性，从而提高产品的核心价值和竞争力。茹文超独辟蹊径。

在金属制品行业摸爬滚打了十多年的茹文超深知：传统金属制品行业门槛低，技术含量也低。而市场竞争却日益激烈，大浪淘沙。

要想在市场经济的大浪中不被淘汰，必须具有自己特色而让市场亲睐的产品。要做就做最好，茹文超构思着打造湘潭金属制品长青的品牌。

茹文超终于研发出将传统文化与传统金属制品相结合的、集观赏与实用与一体的工艺品。他独树一帜，让文化的生命在金属制品上展示并延伸。

茹文超深入偏远的乡村，寻访各路民间工匠、网络八方"神仙"。从80多岁的老工匠到20多岁的后起之秀，一大批人才充实了茹文超的铜艺馆，他们以各自聪明才智，为公司的发展奠定了坚实的基础，随着传统铜艺加新的文化元素的作坊的运转，铜壶、铜火锅、铜名人塑像等受到了市场的热情青睐。当下，恒源传统铜艺作为非遗项目，正式进行了申报。

在恒源铜艺作坊创立的同时，恒源木艺作坊也在公司挂牌了。木艺作坊吸收了来自浙江、江西和本土的木雕师加盟，一件件精雕细刻的木艺作品不断问世。传统的"富贵花开""鲤鱼跳龙门"，现代的"走向新时代""国泰民安"，这些作品一面世，便吸引了众多受众，许多作品被客户以8万、10万的高价收藏。

为让传统产品更具有文化的色彩和灵性，茹文超还与湘潭县、市的书法美术界沟通，将艺术家的佳作有机地融入恒源金属的门窗、扶手、护栏、屏风等各类产品中，提升了产品的观赏性和品位、价值，让鲜明的文化特色凸显在恒源的产品中。

应该说，茹文超成功了。

一个山里孩子，在他的生活空间里的成功，所经历的曲折和艰难是一般人难以想象和理解的。

2018年，茹文超陪同县文体局负责人参观恒源铜艺馆，介绍公司发展史

茹文超知道自己的文化底子薄，但他坚信："读书是学习，使用也是学习，而且是重要的学习。"他在摸爬滚打中从没放弃过学习。书本的、实践中的学习，他如饥似渴。他的最突出的精神支柱，是自己的老乡前辈毛泽东、彭德怀、齐白石，他们都没有上过大学，却成就了众多博士不能成就的成就。茹文超自问：学历我只有初中，要说文化程度，应该不低于大学本科吧。

茹文超成功了。成功后，许多头衔蜂拥而至——湘潭县工商联常委、湘潭县政协委员、湘潭县天易示范区商会副会长、茶恩寺镇商会会长。2016年，茹文超又被父老乡亲选上湘潭县人大代表。

茹文超从不把这些头衔轻而视之，他把这些头衔看作是领导、人民群众对他的信任和爱戴，从不懈怠。

茹文超因此而获得了诸多荣誉——四次获得天易商会"优秀会员",两次获得县工商联"优秀会长",还获得"优秀政协会员""优秀人大代表"的荣誉。

人大代表的身份,是家乡父老乡亲一票一票投出来的,这种信任饱含着的深情厚意,令茹文超感动,也让茹文超体会到肩上责任的分量。人大代表,顾名思义,就是代表人民管理国家。而县人大代表,就是代表人民管理基层县级政府,转达和反映人民群众的诉求。

茹文超从任县人大代表以来,非常注重人民群众的生产、生活的需求,听取群众对政府的意见,并深入进行调查研究,多次写出有分量的建议,为湘潭县域社会经济的发展推波助澜。茹文超的"老百姓的农产品得不到及时销售""建立竹木产品和农副产品物流园"等意见和建议,得到了县政府领导的重视和职能部门的支持和解决。

茹文超对于县人大和代表小组组织的各种调研和视察从不因业务的繁忙而请假、缺席。

2017年,中共湘潭市委宣传部一行来恒源金属制品公司调研,茹文超陪同

对选区的父老乡亲，茹文超更是关爱有加，谁家有经济困难而过不了坎，他的身影往往就出现在谁家，谁家需要扶贫，谁家需要解困，他都了如指掌。他利用就业扶贫、利用产业解困，帮助数十位贫困的乡亲摆脱了贫困，在小康路上前行。他资助的多名贫困学子，完成了学业，踏上了顺畅的前程。

茹文超是茶恩寺镇商会会长，为了商会的发展和家乡经济的振兴，他经常自掏腰包，不辞辛劳地为商会的工作奔忙，让茶恩寺镇商会工作开展得有声有色，为茶恩寺镇经济的发展，作出了突出的贡献。商会会员76名，一些是行业的领军人物，进入到各级人大、政协和工商联组织，有当选县工商联副主席的，有选为县工商联执委的，有4名会员当选县人大代表。他们捐资助学、扶贫帮困，进行多项善举，茶恩寺镇商会的名誉度不断提高。2018年茶恩寺镇商会再次被评选为湘潭县工商联优秀商会。茹文超在被评为优秀会长的同时，再次连任茶恩寺镇商会会长。

茶恩寺镇地处偏僻山区，医疗条件落后，医疗设施落后，医疗技术人员奇缺，救生能力极差。老百姓患上急症、遇上大病，很难得到及时的救治。茹文超就这一长期未能得到解决改变的"老大难"问题，又进行了深入细致的调研，准备向县人民政府提出改变这一现状的建议。

茹文超当年创办恒源公司时，给公司制定十六字方针："互信共好，品质永恒，共创财富，同赢未来"。他的企业遵循这十六字方针发展得越来越好，他本人也以这十六字方针做人，盘算着他的企业和他的同事、他的家乡父老更加美好的、幸福的格局。

湖南省湘潭县射埠镇杨基村党总支书记 **谭赣湘**

杨基村里的灵泛人

湘潭县射埠镇杨基村的村民都灵泛：书记谭赣湘种什么、养什么他们就种什么、养什么。跟着书记干不会吃亏，也不会被人乜，上人当。

那些年，谭赣湘让大家喂猪，没人听。全村每年才养了1000

多头猪。2004年谭赣湘带头从20头猪养起。全村就出现了养500头猪以上的养猪场30多个,全村连续几年每年都喂养了8万多头猪。

杨基村是丘陵山区,11.7平方公里面积,3480余人,3200余亩农田,人平农田才0.8亩,剩下的都是山地。那些年,谭赣湘提出让大家种油茶,响应者寡。谭赣湘在自家的自留山地上种上了数亩油茶,全村很快就种上千亩油茶林。

杨基村养猪多,谭赣湘要求大家建沼气池,既消化了猪的粪便,又减少了污染,还节约了能源,村民们不太相信,行动者鲜有。谭赣湘自家建了个沼气池,很快,全村建起了230多个沼气池。大批量养猪早已成了昨天,沼气池今天却还在用。

谭赣湘说,杨基村人就是灵泛。杨基村人却说:我们的谭书记是猴变的,灵泛得很哩。他想事就是比别人灵泛,跟着他干,没吃过亏。

也难怪村民们谨慎过度、小心过头。曾经,守着山多没柴烧;曾经,一年到头忙到底,锅里还是没有米。被那些左的右的东西折磨得不亦乐乎,却就是听乏、上当。

谭赣湘,1968年出生,的确属猴。因为父亲当时在江西的地质队工作,取名赣湘。他个子1.68米,体重130来斤,初次见面,就让人产生聪明能干的感觉。他2000年被村民选上村主任,2009年开始担任村党支部书记,2016年小村合并大村后,又任党总支书记,还是湘潭县人大第十六届代表。村里的党员、群众信任他,投他的票,一个根本原因就是谭赣湘灵泛。乡亲们说:不灵泛的人就不配当干部,当代表。自己的小家都弄不好,还能当好大家的家?当然,灵泛的乡亲更灵泛，他们认为：谭赣湘这人没有私心，他的灵泛还表现在为乡亲们服务，全心全意，从不掺假。

2016年，谭赣湘被任命为杨基村党总支书记不久，又被乡亲们选为湘潭县第十六届人大代表。他深感责任更大，担子更重。他把学习党和国家的方针政策、法律法规作为自己依法履职的重头戏，纹丝都不马虎。他带头宣传和贯彻执行县人大常委会、镇人大主席团各项决议、决定，忠实代表人民群众的根本利益，主动履职。

谭赣湘积极参加代表接待、调研视察和培训学习，坚持按规定向选民述职，听取人民群众的诉求和呼声，推进人民群众民生民计问题的解决。他立足大局，实事求是地向政府及相关职能部门提出建议、批评、意见。通过自己履职的平台，谭赣湘围绕《化解村级集体债务》《加快完成省定扶贫路建设》《决胜精准脱贫攻坚战》《加快继述桥河板桥段样板河建设》，先后提出了建议和意见，并全部得到了解决。为脱贫攻坚、村级基础设施建设、发展村级集体经济、乡风文明建设作出了实质性的贡献，让人民群众真正品味出生活的满足和幸福感。

全村建档立卡的贫困户的情况，谭赣湘烂熟于心。谁家小孩都在何处读书，谁家残疾人致残的程度，谁家外出务工人员的收入和工作状况如何，他都了如指掌。他为他们脱贫披肝沥胆、办法想尽。如今，全村的贫困户都脱贫达标了，谭赣湘又在冥思苦想着不能再让他们返贫。

2019年，谭赣湘从江西赣州引进品质好、价格高的赣州脐橙的树苗，在建塘、建新组流转山地480亩，全部种上了赣州脐橙，这480亩山地是30多户村民流转的，村上与30多户村民风险共担、收获共享。目前，这480亩赣州脐橙长势喜人，再过三年便能挂果收获了。谭赣湘根据目前赣州脐橙的市场批发价算了算账，盛果时，这片脐橙果林的每年收入都将超过百万元。就这30多户流转土地的农户中，有3户还是原来的建卡贫困户，如果真是像谭赣湘算的账那样，这3户原贫户光凭这一项收入，都不会返贫了。灵泛的谭赣湘就是以这种灵泛劲为父老乡亲寻求致富之路。

1982年，在江西省地质勘探队担任科长的父亲退休了，退休前，队领导决定让谭赣湘子承父业顶职，那时，还没出台劳动法，十四五岁招工顶职是家常便饭。年满14岁的谭赣湘眼见着就可以跳出"农门"，端起"铁饭碗"了。临了，父亲却把招工指标让给了别人。为此，谭赣湘还气愤地问父亲："我是不是你亲生的啊？"

父亲是位老共产党员、中层领导干部，他对儿子说，共产党人

2020年6月，支村两委研究精准扶贫工作

就是要替群众着想，在利益面前，首先就应该把它让给群众。

谭赣湘虽然对父亲很长时间都心存芥蒂，但随着时间的推移，他看到许多优秀共产党人的所作所为，发现共产党员就是优秀，并渐渐有了当一个共产党员的追求。

2002年7月的头一天，中国共产党诞生82周年的日子，这个让谭赣湘永远不能忘怀的日子，这一天，谭赣湘在鲜红的党旗下，庄严地举起了握紧的右手，他终于成了党的人。他带领乡亲们治穷致富的劲头更足了。

什么是共产党员？谭赣湘认为：就是要像父亲那样把好处留给群众，留给更需要的人。最近几年，谭赣湘带领群众新开辟高效油茶基地660亩，2000多亩的杉木基地也早已成林。他有一句至理名言：向上级等、靠、要，是解除不了贫困的，就像一个病入膏肓的病人，专靠输血，自己没有任何造血功能，迟早是会死的。

在全村绝大部分青壮年外出打工的情势下，谭赣湘或是将土地流转种粮大户，或是种植高效农作物，或是成规模经营特色农业，让全村农田与荒芜绝缘。

在建设美丽乡村、文明乡村的工作中，谭赣湘一马当先、毫不含糊。如今，杨基村硬化了的高规格的县道、乡村道路纵横交错，出行运输通畅。

如今，全村用电的线路、变压器合理布局，用电难，已成为一去不复返的历史，全村的饮用水的卫生和安全达标了。村里的文化娱乐广场建起来了，难以数计的路灯照亮了黑夜中的山冲。全村群众文明卫生的习惯养成了，再也见不到脏乱差的踪影了。一个社会主义美丽幸福的新农村在杨基扎根落户了。

谭赣湘说：我们既是要让乡亲们生活在美丽舒适的环境中，还是要让出门打工的杨基村人想念家乡、热爱家乡，为家乡的更加美丽、家乡亲人的更加幸福推波助澜。

灵泛的谭赣湘，总有灵泛的招数让美丽屈服，让幸福常驻。

现在，高规格六车道的潭花线公路正在建设，公路贯通杨基村4公里，灵泛的谭赣湘又有忙的了。他认为：这里头有无限商机，他要让杨基村把握商机，尽最大努力，让4公里公路沿线的商机最大化地发挥出来，让父老乡亲得到长久而高质量的实惠。他要统一规划，与乡亲们共同谋划符合科学发展的方案出来，灵泛地利用这一平台。当然，左谋划、右谋划，毫无疑义是在农副产品和旅游休闲等方面做文章，绝不可能离开自家的特点、特色去瞎胡闹。谭赣湘灵泛得很。

杨基村是全县著名的油茶村，油茶是他们的特色产业。油茶面积大，时间长，效率低。进行低效油茶林的改造，是全村群众的迫切愿望，也是保障杨基村持续发展的大事。谭赣湘已就此事进行了认真的调查研究，准备向县里提交关于低效油茶林改造的建议意见，争取得到相关部门的改造项目，让老产业焕发出新的生机，助力杨基村的新发展。

凭着谭赣湘和杨基村人的灵泛，更加美丽富足必将大步走来。

湘潭人方言中的灵泛，与全省其他地方及湖北人、安徽人所理解表达的意义还是有所不同的。湘潭人讲的灵泛，不只是聪明，还有几分狡猾和耍滑头的成分。谭赣湘们的灵泛，恰恰不包含这种成分，请读者诸君勿同日而语。

湖南省湘潭县人大驻射埠镇百水村扶贫队长　谢尚志

一个扶贫队长的日志

2018年3月16日，春天的阳光正灿烂，在湘潭县人大主任办公室，唐剑恒主任与专职委员谢尚志在谈话。

射埠镇百水村，是县人大机关的结对帮扶村，人大机关决定让谢尚志去百水村担任扶贫副队长。唐主任找谢尚志谈话，就是交代他：工作上决不能马虎散漫，要遵守纪律，努力工作，按制度办事，并叮嘱尚志，有什么困难，县人大一定全力支持。

剑恒主任军人出身，干净利落地交待了任务。谢尚志的肩上却有了沉重的感觉。

谢尚志长期在机关工作，2017年11月调县人大机关前，是县文旅广体局副局长。他对农村基层工作，特别是扶贫，是完全陌生的，就像一张白纸。

有位伟人说：一张白纸好写最新最美的文字，好画最新最美的画图。谢尚志问自己：我这张白纸能写、能画什么呢？那时候，谢尚志真还是一头雾水。

唐主任与谢尚志谈话后的第三天，2018年3月19日，一大早，谢尚志背着铺盖行李便出发去了离县城30多公里外的射埠镇百水村。虽然对农村基层工作、对扶贫工作仍是一头雾水，谢尚志却认为：不会，可以学呀，向扶贫队的同事学，向基层的村干部学，向人民群众学，这我肯定会。他信心满满。

就是以这样一种谦恭之心，也是一个人大代表、常委的虚心好学的人格魅力，谢尚志很快便融入了同事、支村两委和工作对象之中。

百水村在全县范围内，算是比较典型的贫困村。谢尚志刚到百水村时，全村建档立卡的贫困户有59户、149人。根据群众的意见和谢尚志挨家挨户的走访，2019年，清退一户一人户口不在本村的，还退出8个不符合建档立卡条件的个人。即使这样，全村还有58户、140个贫困人口生活在贫困线上。脱贫攻坚的任务仍然艰巨。2019年5月，因队长调动去别的村，谢尚志当仁不让地接下了队长的工作。

谢尚志带领扶贫工作队与支村两委一道帮助建档立卡贫困户中有务工能力的外出务工，还帮助婆婆佬佬的贫困人员发展家庭种养殖业，使广大的贫困户终于甩掉了贫困的帽子。

刚到百水村那阵，乡亲们跟谢尚志反映，村上有两个像油盐罈罐懒得出奇的人，只要你治好这对油盐罈罐的"懒病"，百水村的扶贫就做了半篇文章。

谢尚志在调查中，了解了这对油盐罈罐的情况。

徐建（化名，下同），不到50岁，因为懒而又好酒，妻子跑了，一个儿子在读高中，却因为家里穷得连学费、伙食费都无法交，儿子产生了厌学情绪。

廖新（化名，下同），年龄跟徐建差不多，也是一个儿子读高中，因为懒又好牌，妻子跟他离了婚。

这对油盐罈罐都有一个特点，就是总指望政府救济，典型的"等、靠、要"，甚至还有着变态的心理：我懒我光荣，我靠（政府）我聪明。而两人的关系还挺好。乡亲们背地里都叫他们是一对油

百水村贫困户政策宣传会议

盐罈罐。

谢尚志也明白，这两人都有破罐子破摔的毛病。面对这对让人啼笑皆非的活宝，谢尚志不是看不起他们，而是主动地与他们交朋友，积极地帮助他们解决实际困难，激发他们对生活的热情和对家庭、对社会的责任感。

真的要帮扶这两位脱贫，真还不是轻易得了的事，周围群众都说："他们死懒又好吃，是糊不上壁的稀泥巴，谢队长，你扶得好吗？"

谢尚志可不这么看。首先，该帮扶的一定要帮扶，人心都是肉长的，帮扶只要到位，稀泥巴也会糊得上壁。

廖新是过继给叔叔做儿子的，自己没有房子，谢尚志和支村两委一起为他上报争取了危房改造项目资金，花了3万元建起新房。并为他提供种子和化肥种植3亩水稻。还介绍廖新种蘑菇，家里也喂了几十只土鸡，农闲时，也主动地去外打工，他还向政府申请了护路的公益性岗位。原来懒而好打牌的廖新像换了个人，走出了贫困，稀泥巴终于糊上了壁。

徐建呢，谢尚志和村扶贫专干联系了一家专业合作社，让他利用合作社提供的田土、菌种和技术投入特色菌菇种植，产品由对方保底收购，仅这件事，徐建就能收入3000多元，因这事是季节性的，每年也就一季两个多月，谢尚志动员支持他外出去湘钢和九华相关单位打工。他也主动向外找事干，老娘也为他料理家务，还喂了不少土鸡。为了调动徐建对生活的信心，谢尚志还会同学校的老师做他儿子的工作，使其厌学的情绪消除。徐建看到了希望，也主动地寻找所有能正当赚钱的机会。这稀泥巴也被谢尚志糊上了壁。

谢尚志让一对曾经懒得出奇的油盐罐罐彻底地改变了自己。谢尚志明白，这两个人首先有一个共同的优点，穷，却从不偷别人家的。这也是一种骨气，一旦让他们树立了生活的信心和勇气，脱贫也是容易办得到的。

如今，百水村除了一户之外，全部脱贫了。也许，大家要问，这一户又是什么情形呢？

这是一户俩残疾人、一个湘潭大学在读研究生的家庭，父亲智障，母亲肢残，都无法正常地参加生产劳动。父母享受社会低保，百水村和射埠镇政府给他们组织5万元资金，将危房修缮一新，并将他家的水井加深，还给他们家买了电机抽水。组织社会和本单位捐赠学费和衣服，并送被褥和鞋子到他们家中。这对残疾人的女儿激动地对谢尚志说：学成以后，一定要以自己的努力回报党和政府深情厚爱。

谢尚志是农民的儿子，他深感脱贫攻坚还在路上，他要让刚刚摘掉贫困帽子的乡亲不再返贫，他要让没戴贫困帽子的乡亲不再戴上贫困的帽子，他还要让所有乡亲走向富裕小康。他知道，在目前还很落后的农村有多难；但他更知道，这是一个党和政府培养的干部和人大代表、常委矢志不渝的追求和天经地义的责任。

不久前，谢尚志被有关单位推荐参加2020年"湖南省百名最美扶贫人物"的评选。在谢尚志看来：评上评不上，都无关重要。乡亲们富裕和幸福，才是我最高的荣耀和对我最大的奖赏。

湖南省湘潭县石潭镇同庆村党总支副书记　陈利明

"活电脑"与他的"笑话"

"活电脑"

"活电脑"是石潭镇同庆村村支两委的同事送给陈利明的雅号。一个同庆村的党总支副书记，陈利明凭什么就获得了"活电脑"的雅号？

某组某户某人在某地某单位打工；

某组某户某人患某病、经济来源某途径；

某组某户某人某特长、某种性格；

某塘、某渠某种涵洞在某位置。

……577户、2225人、23个村民小组、5.13平方公里、2026亩农田，全村的基本情况，陈利明了如指掌。全村人每家每户的人口结构，已成年的个性、特长，陈利明可如数家珍般道出。

同事们常要到电脑里查找的村上的有关资料，陈利明也都心知肚明。

陈利明真的那么神吗？村部的几个工作人员告诉笔者，只要陈支书在身旁，我们都无需耽误时间去电脑里查找什么，问问陈支书便能找到我们需要的东西。他是我们真正的"活电脑"。

省电、省设备的"活电脑"到底是怎么一回事？我们进行了跟踪采访。

陈利明20世纪60年代出生在本乡本土，大专文凭，1989年开始担任村上会计，从会计到村主任，又从村主任到会计。1991年春担任村上党支部书记。2012年被推选为县人大代表，人大代表一当便是两届。2016年3月5日，小村合并大村，陈利明便开始担任村党总支副书记。

他记忆力极强，且群众的生活、生产情况他也特别关注，换句话说：他特别上心。

另外，陈利明一直有个天天写日记的习惯，数十年如一日，从未间断。

村部办公

  前年某一天,他给一户贫困村民送去一笔救济款,这个村民今年上半年找到他,说这笔钱没到位,虽然这笔钱在村部账上对方都签字认领了,但为了打消村民的误会,陈利明掏出日记本,那天的天气是怎样、钱是怎么给的,详详细细地呈现在村民面前,让对方终于记起来了,并不好意思地向陈利明道歉。2019 年 7 月,陈利明负责巡查列雁金河灌溉的工作。23 日晚上,他在巡水时脚摔伤了,左脚小骨骨折,他敷点药,仍坚持上班。有人要说,脚骨折了,怎么上班?他的确只能坐在办公室里,无法现场巡查。但他的确又是在上班,他是遥控指挥。什么地段有个出水的涵洞该塞了,什么地段那片田该放水了灌溉了,他坐在办公室里如身临现场,指挥巡水的村上工作人员井井有条地进行工作。

  乡亲们说:陈利明这台"活电脑"的功能还远远不止于此。

疫情期间，喷洒消毒液

村上谁家小孩要上学了，书籍费有困难，该给他想点法子；谁家谁患病该住院了，得催促在外打工的儿女回来；谁家的种谷还没买回，得提醒他不耽误农时……全村生产、生活的大事小事，陈利明都记挂在心，或者说：全村村民的大事小事都储存在他这台"活电脑"上。

陈利明说：我是人民的代表，人们的安危、冷暖当时刻记挂在心上。

陈利明还说："我分工是协助总支书记抓党务和综治维稳、人居环境等工作；协助村主任负责全村民众生产、生活。我就是'都管部'部长，职责所在，不可懈怠。"

其实，陈利明这台"活电脑"也有失灵的时候，常常公而忘私，甚至自己的亲生儿子因病去世的切肤之痛也不在电脑里储存。他要把所有的空间储存群众的疾苦、群众的诉求、群众的需要。

讲"笑话"

陈利明是个挺诙谐幽默的人。他爱讲"笑话"，他讲的"笑话"是有深度、有温度的"笑话"，或者说是有思考、有见地的"笑话"，再或者说他的"笑话"就是调侃自己，根本就没有笑料的"笑话"。

"讲笑话"是他的口头禅。而且，他跟我讲的"笑话"，都是他这几年作为湘潭县人大代表履职的调研思考与建议。

譬如：

如何改善落后村的面貌的调研报告；

如何完善农村医疗保险的调研报告；

行政村合并后如何完善合并成果的建议；

关于改造农村水利基础设施的调研报告；

关于动物咬伤（意外伤害）的调研报告；

完善粮食生产及治理抛荒面积的调研报告。

这些都是陈利明通过认真调查、认真思考后向上级提交的调研报告和建议。因为材料详实、接地气且经过他的科学分析和思考，得到上级领导机关的重视，就他提出的问题和解决问题的办法作了部署，并落到实处。

这些，都是陈利明以"我跟你讲个笑话"的形式告诉我的。

别看他作"笑话"轻松地讲给我听，我却读懂为这些调研作出的艰苦努力。

说是"笑话",我真没有听出太多风趣、听出太多幽默,但我听出了一个人大代表、共产党人对人民、对党的无限忠诚。

临别时,陈利明跟我又讲了一个"笑话",为了更好地调动农民种粮的积极性、制约土地抛荒,他准备建议取消"三补",提高粮食收购价格,将稻谷的收购价格提高到每百斤 150 元。我却认为,种粮的成本高、劳动强度大,粮价每百斤涨到 350 元都值得。我怕说外行话,只敢心里说。

离开同庆村,离开陈利明已有些许时日,这个"活电脑"和他的"笑话",在我的印象中越来越清晰。我真的想再看看、再听听他讲的"笑话"。

湖南省湘潭县人民法院立案庭庭长　左才虎

他用忠诚陶铸着品格

　　在湖南湘潭县人民法院，有一个叫左才虎的立案庭庭长，他在这个岗位上一待便是12年。12年里，评优评先没有他的名，提级晋升没有他的事。他却没事人一个，像拧紧的螺丝钉。他圆满完成院领导安排的扶贫工作之外，16年来，他还义务扶助一个老少两代残疾人的家庭，"扶贫队长"的雅号被人们叫了十多年。他与一位上访户无亲无故，对方却把他当成了无话不谈的朋友。一晃12年过去，对方居然都离不开他了。这都是怎么回事呢？正值阳春三月，我们采访了左才虎和他的同事们，找出了其中的奥秘。

一颗螺丝钉

1968年出生在湘潭县石鼓镇的左才虎，是典型的山冲里农民的儿子。凭着山里孩子的韧劲，他考取了湖南省司法学校，二年后的1991年，又以优异的成绩毕业，并被分配在湘潭县人民法院工作，一干便是30年。参加工作以来至2008年，几乎年年都是单位的先进工作者，2003、2004、2005，连续三年都获得了湘潭县人民政府的嘉奖。

从2009年担任湘潭县人民法院立案庭庭长开始至今，个人荣誉便与左才虎分道扬镳了。是他的工作能力欠缺，本单位的工作没有做好吗？是他船到码头车到站，放松了自我的改造和努力？他的上级和同事告诉我们：都不是。

事实告诉我们：左才虎率领的团队，2009、2010、2011连续三年都被湘潭市中院评为全市立案信访工作先进单位。像"雷锋号示范窗口""共产党员示范岗""先进集体""文明窗口"等各种荣誉，蜂拥而至，几乎年年都与立案庭挂上了钩。2011年10月，因立案信访工作成绩突出，湘潭县人民法院被评为"全国法院立案信访工作先进单位"。2018、2019、2020连续三年，立案庭都被评为"先进集体"。

左才虎麾下的6名年青干警，在他的帮助下，先后提拔担任法院庭、室、队的正职，与他一般高。还有一名年青干警从左才虎属下已晋升为法院班子成员，成了他的上级。庭里还有一名干警因工作成绩出色，被最高人民法院授予"全国法院先进个人"。

十多年以来，左才虎把立案庭作为青年干警成才的摇篮和平台，大胆使用，认真帮助。他说：作为党培养多年的老同志，有责任、有义务让青年才俊成长得更快。因此，他对自己个人的荣誉，就两个字：拒绝。每次评优评先，他总是让给庭里努力向上的年轻人，别人硬要给他评时，他也总是苦口婆心地婉拒，就是院领导做工作，他也总是以各种理由，让给庭里年轻的干警。

因此，年青的有作为的同志总是在他的羽翼下脱颖而出。左才虎却像一颗永不生锈的"螺丝钉"，拧在固定的位置上。他望着这一道道美丽的风景，一种欣慰的成就感油然而生。他打心眼里高兴自己麾下的同事们的成长，却没有任何虚情假意。

左才虎与同事切磋工作

"扶贫队长"

左才虎对领导安排的扶贫攻坚工作，从来都是不打折扣不掺假地认真完成好。他没有任过扶贫队长，而"扶贫队长"的雅号却不胫而走，并且，这个"扶贫队长"还是个编外的。

故事还得从2006年讲起。那时，左才虎在湘潭县人民法院射埠法庭担任庭长。春节过后不久的一天，左才虎在办公室正忙碌着，一个50多岁的男人破门而入。只见他胸前挂着的帆布工具袋里鼓鼓的，原来里面是个出生不久的婴儿。他边打开奶瓶给婴儿喂奶粉，边向左才虎说起家里的情况。

来人是射埠镇继述桥村易家组的村民老楚，时年56岁，是个有工伤的残疾人。妻子因病去世几年了，唯一一个儿子患上间歇性精神病，儿媳妇也是个间歇性精神病患者，阴差阳错地结了婚，还怀孕给他生了个孙子。两个精神病患者根本不会也不能让他们带孙子。老楚来法庭就是要咨询：让他带孙子是不是违法。

老楚告诉左才虎：一家人就靠他一个人维持生活，种田种菜都得靠他。好在老楚还有一门维修农机具的手艺，忙里偷闲地赚点技术钱补贴家用。

左才虎告诉老楚：爷爷带孙子天经地义，只是今后的生活怎么办啊。老楚可没有考虑那么多，日子总是要过的，走一步算一步吧。倒是听左才虎说爷爷带孙子并不违法，便兴致勃勃地走了。

过了几天，左才虎专程去了一趟老楚的家。患精神病的儿媳妇被娘家人接回去了。老楚胸前的帆布袋子仍装着他的宝贝孙子。老楚的家就是几间陈旧的土砖房。精神病患者的儿子根本不管事，隔

左才虎与信访对象亲切交谈

三差五发病时还得老楚当护理。看着这一家的境况，左才虎决定：这个家他得认真地管一管。他对老楚说：家里有什么困难，只管说。他留下电话号码和给婴儿买奶粉的几百元钱才离开。

一晃16年过去了，左才虎的工作岗位换了几个，对老楚一家人的生活、生产的关照却从来没有间断过。老楚家建房子、圈养野鸡、小孙子楚梓康读书……老楚家的大事、小事，总有左才虎的身影和伸出的援手。前年，老楚家又被政府兜底扶贫了，小孙子也在县职校上一年级了。这个极不正常的家庭过上了正常人的生活。

今年72岁的老楚说：左庭长就是我的亲兄弟。

老楚的孙子小楚楚跟他的同学们显摆，说：他有两个好爷爷，一个是楚爷爷，一个是左爷爷。

左才虎的同事和朋友说：左才虎是老楚家的"扶贫队长"，一扶便是十多年。老楚的邻居们说，左庭长只怕是老楚家前世今生的好兄弟。

"老朋友"

左才虎干信访立案工作 10 多年，接待信访的群众不计其数，他不厌其烦地为信访群众释疑解难，把忠诚陶铸在一言一行的工作中。

2009 年下半年，左才虎任立案庭长时，领导交给他一个特殊的息访工作。接到任务后，左才虎认真查阅了其人的案卷，了解案情。

他姓肖，1940 年出生，2004 年，因与他人购房纠纷，到湘潭县法院打官司，老肖作为原告胜诉，得到补偿款 15 万元。但老肖认为，其合法权益没有得到根本保护，开始向法院申诉，在得不到满意答复后，于 2008 年开始上访。尽管法院做了大量的工作，但因老肖年纪较大，性情执拗，脾气浮躁，听不进不同意见，息访工作没有取得成效。老肖仍不断在相关部门上访。

左才虎得知这些情况后，多次去老肖家做家访，了解老肖的生活及家人的情况。与当地乡镇及居委会联系沟通，商讨化解方案。却因老肖坚持己见，且信访诉求高，息访工作仍然没有进展。

2010 年 9 月，左才虎因腹部疼痛，紧急住进市中心医院，进行剖腹探查手术。右下腹切开 15 厘米切口，20 多天后才出院。

刚上班，同事把他不在的 20 多天里，老肖多次上访的事跟他讲起，左才虎立即赶到老肖居住的镇上，与镇政府一起，协调处理老肖的信访事宜，从当天上午忙到下午 4 点，左才虎一直耐心做老肖的工作，中午都没有休息。由于刚刚出院，身体尚未完全恢复，左才虎脸色苍白，未痊愈的伤口透过紧绷的纱布呈现出鲜红的血丝。老肖看到这些情况，感动地说："就凭左庭长这个工作态度，这个朋友我交定了！"

由于种种原因，老肖的信访问题一直没有得到完满的解决，左才虎也一直牵挂在心。老肖有高血压，提醒他吃降压药，劝他年龄大了，不要轻易发脾气，总是从生活上、身体上关心他，试图解开他的心结。

一段时间，老肖每周必来法院上访，见人就发脾气，也听不进其他人劝说，别人也拿他没办法，但只要见到左才虎，他就满脸笑容，他们像多日不见的老朋友，无话不说。左才虎认真地聆听老肖的故事，也听老肖讲年轻时曾因工作出色获得过"献身国防科技事业"荣誉证章的经历。

老肖常对人讲："我对信访要求一直没解决好不服，但对左庭长的工作态度我服！"

常来常往，老肖把左才虎当成了最信赖的朋友。在外人看来，左才虎和老肖是一对忘年的莫逆之交。

12年以来，左才虎主持或参与成功化解齐某某、方某某重大信访案多件，对万客源供货商及谭家山地区农赔等群体信访案件逐步有效息访，接待各类信访当事人近千余人次，未发生过任何因不当处理而引起的信访事件。

告别左才虎，春天的阳光正灿烂，它依恋着大地。我回味着我的主人公耐人寻味的作为。左才虎当螺丝钉、"扶贫队长"和与信访群众交朋友的故事，不正是诠释了一个共产党人高尚的情操和火热情怀，折射出无私无欲、心系人民的党的光辉吗？他用忠诚陶铸着高尚的品格。

湖南省湘潭县教育局干部、中共党员　张健伟

山坳里撒播火种的人

洺水源头

290

　　张建伟是湘潭县较场中学的教师、少先队大队辅导员，这位28岁的年轻人，在阳光下辛勤地耕耘播种，将炙热的爱撒播在他眷恋的红领巾事业里，在人生的路上写下了让人折服的篇章。

　　张建伟出生于世代耕田种土的农民家庭，祖辈们辛勤耕耘的遗传基因赋予他勤奋的禀性。1981年,张建伟从湘潭师范学校毕业,就扛起铺盖行李来到湘潭县最偏僻的较场中学。古老陈旧、低矮狭窄的土砖房,没有电灯,没有水泥地面,这就是他将工作和生活的学校。

学校安排他教语文,并担任少先队大队辅导员。张建伟告诫自己:要以殉道者的精神做好少先队辅导员的工作。他极欣赏希腊神话中盗火的普罗米修斯,开始了他普罗米修斯式的艰难跋涉。

常言说,新官上任三把火。张建伟这个老师们眼中的大孩子,孩子们心中的孩子王,铺开了他的施政纲领。他对这所山区学校已经瘫痪了多年的少先队组织进行了认真的整顿,首先建立和健全了组织。他带领学生去登山,去义务修路,去野外写生,嘹亮的队歌响彻校园,以往死水一潭的校园里有了令人赏心悦目的新气象。

老师们说,张建伟搞少先队活动,历来不搞花架子,而是从实际出发。他组织"假如我是村主任,我们为农民编一本种田经"征文活动,很自然地引导和培养青少年热爱家乡、建设家乡的思想感情。他组织少先队员办的《法治画刊》《家庭教育通讯》,收到了良好的社会效果。救灾、给五保老人送温暖,等等,曾受到各级团队组织的表彰。他辅导的少先队活动先后二十多次在全国省、市报刊上予以报道。张建伟独具匠心,以火热的情怀雕琢自我,雕琢着少先队员们纯净的心灵。

有人说,假如没有爱,生活就没有光彩。理所当然的,对少先队工作没有爱,他也不可能将工作做好。张健伟谙熟此道、精于此道,他没有任何虚情假意。山区少先队辅导员缺乏工作专业知识,张健伟便编写了一本《少先队工作知识选编》发到全学区

年届六十的张健伟与孙女一块享受天伦之乐

的各位辅导员手中。为了使少先队工作生动活泼，张健伟从自己有限的工资中节省100多元钱，购买了一台照相机，专为学生们活动拍照用，买胶卷、冲洗等费用，又全是张健伟个人支付，近年来从未向学校报销过一分钱。

有的学生早恋，有的学生弃学，甚至有的学生轻生，复杂的情况使张健伟这位年轻的辅导员经常奔波在这个山沟、那个山沟。过度的疲劳与进食不定时，使这个年轻的男子汉染上了胃病。一次，张健伟听说学生李林准备弃学经商，当时他胃疼得厉害，他不顾妻子的劝阻，抱病家访，李林和他的父母亲见张老师冒着虚汗而苍白的面容，改变了弃学经商的打算。后来，李林坚持读完初中又加入了共青团组织，并考上了高中。

　　成功使张健伟感到幸福，他满足于、痴情于自己的这种幸福。张健伟像普罗米修斯一样，把爱的火种带到了这个暂时还处于贫困落后的山冲，使这里向文明、向富裕迈进。

　　张健伟在搞好少先队工、搞好教学的同时，还孜孜不倦地勤奋写作，连节假日也从不放弃，他为红领巾事业，为青少年奉献了可人的作品。他的论文《散论农村少先队工作》，获全国少先队论文竞赛优秀奖。他的《中学后进队员人际关系调查研究》，获全省少先队论文竞赛二等奖。论文《少先队工作在预防少年违法犯罪中的地位和作用》，也受到有关方面的很高评价。成功的机缘总是属于事业上的痴迷者。去年9月，光明日报出版社出版了张建伟编著的一本14万多字的《中学生烦恼咨询》，他编著的一本20万字的《少

张健伟参加湖南省作家协会的研讨活动，他早就成了省作协会员

先队辅导员之友》，近期又将在北京出版。

是成功带来了轰动，还是轰动带来了成功？张建伟似乎是成功了，轰动了。这个被山里人称为普罗米修斯的辅导员，像一株长绿的夹竹桃，不懈地展开一朵又一朵艳丽的花卉。他以他艰辛的努力和火热的情怀得到了应有的荣誉，他被评为"湘潭市优秀共产党员"，湘潭县团委、湘潭县教育局联合发出文件，授予张建伟"少先队辅导员标兵"称号，号召全县少儿工作者向他学习。1989年底，张健伟被评为"全国优秀辅导员"。今年10月，张建伟又去北京参加了中国少先队代表大会。

张健伟的血是滚烫的，他是一位有着崇高的责任感和使命感的辅导员，我们相信他正沿着自己选择的道路，不断地发展自己，完善自己，让自己灿烂的青春年华，在红领巾的世界里放射出更加艳丽夺目的光彩来。

1989年夏作于翠竹山庄

这是32年前采写的一篇文字，当年团中央《辅导员》杂志、湖南省委《共产党人》杂志、湖南人民广播电台同时间刊载和播发。时隔32年，张健伟由28岁的年轻人到现在就要办退休手续了。这多年来，因工作需要，调到了县教育局工作，他在工作之余编就和创作了30多本书，有的是教育教学的工具书，有的是散文和报告文学。每本书始终围绕着他热爱的教育事业。

——作者附记

后　记

　　《活水源头》在春天的阳光里出版了。感谢线装书局，赐予我春天的鲜艳、春天的热爱和春天的感动。感谢所有走进《活水源头》的我引以为骄傲的主人公，他们以春天般的热情播种、耕耘，感动着我，让我收获着他们的收获，幸福着他们的幸福。这部记录着他们脱贫攻坚辛勤汗水、引领乡亲致富奔小康心血和默默奉献精神的报告文学集，终于走进京都，变成了铅字，摆上了书架。我有千万个理由相信：他们走进了老百姓的心扉里。

　　中国老百姓是伟大的，善良，正直，宽容。谁待他好，他便对谁亲十分。我的主人公明白：人民是他们的衣食父母。以人民和人民的利益、人民的幸福为中心，是我的主人公始终的努力和追求。这是我们党的崇高的宗旨，也是人民对我们的深切期盼。我的主人公有的是全国、部省、市县劳动模范，更多的则是各级人大代表、政协委员，他们都是人民中的精英，来自人民而服务人民、热爱人民、奉献人民。他们以自已灿烂的青春书写着史诗般的人生。

本书主人公的年龄，除符崇怡外，有的是我的弟弟妹妹，有的是我的儿女辈，他们都让我感动——那种无私、那种积极、那种热情加上智慧，的确难能可贵！

　　将这部作品献给我们伟大的党百年华诞，献给一切热爱党的人民和广大忠诚的读者，是我成就这部书的真实意图，也是我作为一名共产党人、作家向党和人民的绵薄的奉献。

　　本书的主人公生活在湘潭这片沃土，优秀的湖湘文化，灿烂的红色文化，始终是这片土地的活水源头。近当代史上英雄辈出，谱写出惊天动地的华夏篇章。继往开来，湘潭的优秀儿女从来没有停止前行的脚步，为繁荣发展，创造着更加辉煌的未来。

　　活水源头，源远流长。

鄢德全
2021年3月26日